江苏省电力作家协会

JIANGSU ELECTRIC POWER WRITERS ASSOCIATION

苏电文丛 第一辑

苏电文丛

流水与尘埃

许静 著

天津出版传媒集团

百花文艺出版社

图书在版编目（CIP）数据

流水与尘埃 / 许静著 . -- 天津：百花文艺出版社，2024.1

（苏电文丛）

ISBN 978-7-5306-8589-1

Ⅰ. ①流… Ⅱ. ①许… Ⅲ. ①散文集－中国－当代 Ⅳ. ① I267

中国国家版本馆 CIP 数据核字 (2023) 第 198632 号

流水与尘埃
LIUSHUI YU CHEN'AI

许 静 著

出 版 人：薛印胜
责任编辑：赵　芳
装帧设计：鸿儒文轩·书心瞬意
出版发行：百花文艺出版社
地址：天津市和平区西康路 35 号　邮编：300051
电话传真：+86-22-23332651（发行部）
　　　　　+86-22-23332656（总编室）
　　　　　+86-22-23332478（邮购部）
网址：http://www.baihuawenyi.com
印刷：三河市华东印刷有限公司
开本：880 毫米×1230 毫米　1/32
字数：198 千字
印张：7
版次：2024 年 1 月第 1 版
印次：2024 年 1 月第 1 次印刷
定价：56.00 元

如有印装质量问题，请与三河市华东印刷有限公司联系调换
地址：三河市燕郊冶金路口南马起乏村西
电话：19931677990　邮编：065201

总　序

开拓文学之境，勇攀创作高峰

江苏省电力作家协会一次推出十位电力作家的十部文学作品，以文学丛书的宏大气势集中发力，进入社会和读者视野，可喜可贺！

这是江苏省电力系统学习贯彻习近平总书记关于文艺工作重要论述和党的二十大报告对文化建设新部署新要求所取得的成果。我们的作家深刻把握新时代文艺工作的定位和使命，增强文化自觉，坚定文化自信，站在为国家立心、为民族立魂、为时代立传的高度，以强烈的历史担当和瑰丽的文学画卷，充分展现新时代的精神图景。从这十位作家的十部不同题材、体裁的作品来看，他们都善于从平凡中发现伟大、从质朴中寻觅崇高、从自己融入人民群众的实践中发现真善美，用情用力地注重作品质量，形象生动地表现时代之美、劳动之美、自然之美、生活之美、心灵之美。品读他们的作品，能够触及作者的心声，感悟作者的心动，体悟作者为职工抒写、为人民抒怀、为事业抒情的生动笔触中的文字之美、语言之美、文学之美。在敬佩之余也深受激励。

这是实施"中国新时代电力文学攀登计划"、奋力推进新时代电力文学高质量发展在江苏电力落地的可喜成果。"中国新时代电力文学攀登计划"旨在不断推出优秀作家的优秀作品。江苏省电力作家协会集中推出十位作家的十部作品，体现了电力团体组织的工作成效，彰显了电力团体作家队伍中个体创作的丰硕成果，彰显了电力团体攀登进取精神。丛书题材、体裁多样，呈现出文学文本的丰富多彩性。小说故事情节跌宕起伏、引人入胜，人物栩栩如生；散文情感细腻、文笔清新，形散而神不散；诗作文采飞扬，飘逸灵动。十部佳作感情真挚，表达精练，文以载道，文以言情，文以言志。就像将各种水果收入果篮那样，一并奉献给读者，使人悦目娱心，精神振奋。值得称道的是，国网江苏省电力公司为江苏省电力作家协会营造了一种积极向上、团结和睦、共同进取的氛围，这种氛围，促进了电力文学的繁荣发展，促进了作家们相互学习、相互交流、相互激励、相互提高。

这套文学丛书的"闪亮登场"，给中国电力作家协会团体会员单位提供了可以效仿的榜样。阅览这十部出自江苏省电力作家之手的作品，不禁被江苏省电力作家协会的"倾情"、十位电力作家的"倾心"所感动：江苏省电力作家协会集中发力，倾情投入，邀请文学界知名作家、评论家、编辑家集中审读研讨、修改打磨书稿，最终推出一套优秀的文学作品，难能可贵。身在江苏省的电力作家肩负重任，一肩挑"本职工作"，一肩担"文学创作"之任务，深扎电力沃土，工作之余伏案笔耕，把自己生活中的积淀、对生活的热爱、生活中的感悟，化为文字，实属不易。组织的关怀、作家的付出都是值得的。

这套丛书为我们电力团体组织带来很大的启示：我们的文学创作者要准确把握时代命题与电力文学的关系，深入电力一线，把自己的思想、情感，同生活、同人民融为一体，做到"身入""心入""情入"，以独特的眼光洞察世事人生，以真挚情感投入作品创作，记录时代巨变、讴歌电力系统取得的成就和职工精神风貌，不断推出反映时代精神的电力题材精品力作，开拓电力文学新境界，攀登电力文学新高峰。这也是新时代对广大电力文学创作者的要求！

一次集中向社会、读者推出十位作家的十部作品，是中国电力作家队伍发展壮大的体现、取得的优秀成果的展示。这也是对中国电力文学、对中国文学的崇高致敬！

潘 飞

中国电力作家协会驻会副主席，《脊梁》执行主编

2023 年 8 月 31 日

代　序

个人的成长与脱俗之美

写作于每个人的意义不同，之于许静，或许更在于生命历程中的记忆，以及从点滴中逐步成长的自己。在许静的作品里，藏着一个女孩的成长史。从女孩到女人，从生活的沉浸者到情感的观察者，许静一步步从安静到平和，从忐忑到沉静。她热情中的暖和眼神里的宁静相得益彰，就像黄色和蓝色在她身上同时展现。

生活的境遇给予我们思考的浓度和密度。生活里一帧帧的画面徐徐打开，在许静的书写中逐步定格，慢慢延展。许静也在我们心中逐步清晰，柔情与坚韧并存，细腻与大气同生。伴随着她的笔触，真实的气息扑面而来，那些画面，依次在我们内心的沉寂中被打捞、被唤醒。画面中，有着初中女孩翻开日记写下的心事，有着大学的时候，宿舍"阳台前一排高大的花树，常常有男孩在树下等待女孩"(《房间》)。那时候，等待是交往时的必需品。通信发达的时代，等待被压缩到最短的时间。而在通信不那么发达的时代，等待是人和人交往时的助推剂。"阳台前一排高大的花树，常常有男孩在树下等待女孩"。那一刻，情感被浓缩在无言的等待中，等待让期待变得绵长，其中的想象也愈加丰富。这样的画面，在许静的笔下，倏忽跃到眼前。海明威曾说，人不能同时拥有青春和对青春的感受。在青春寥落成回忆时，许静带我们再次回味青春时的激荡与雀跃。

许静有着一双艺术家的眼睛，她喜欢绘画，在绘画中走进生活。正如傅雷所说，只有不断与森林、小溪、花木、鸟兽、虫鱼和美术馆中的杰作亲炙的人，才会永远保持童心、纯洁与美好的理想。许静即是如此。由此，当她决定画一朵黄玫瑰的时候，她看到"黄色保留了玫瑰的美，却挣脱了它的俗气，真正做到了清丽脱俗"(《黄玫瑰》)。那盛开着的属于她的黄玫瑰，何尝不是绽放着她明媚的青春年华？在那里，有和舍友在一起的欢快，有青春记忆中的恣意，还有那份无羁的自在。色彩在绘画家的眼中，总是占据着最大片的位置。生活有着黄色玫瑰的明媚，亦有着紫色的神秘独立。"想想看，这是一种什么样的感觉？在西方的语境里，'紫外光'被认为是象征着苍穹宇宙的颜色。这是庸常暗淡的尘土生活里的一道光，这道光从天际射来，长驱直入，不容分说，照向平常生活里未知的方向，照亮尚未有人涉足的道路。"(《紫色》)在这生命体验里，在这已知的复杂和未知的不确定之中，有着多样的可能，许静看到，许静了然，许静静待。

"情谊是这个时代最珍贵的滋养，只有在良善和暖的亲密关系中，我们才能活得温情而柔软。"(《情谊》)许静和周围人的相处是温润的，相互惦念，彼此懂得。从女孩之间的友谊，到女性之间的情谊，许静给予和感受着人和人之间的惦念，更在一份份守护中活出独立、率性、自由和天真。

许静在岁月里一步步迈向勇敢。当她决定从重点中学转入普通学校研修绘画，当她决定自己把握未来的方向，成长于她，就已经开始成为独立的课题。自我认知是人生最重要的功课之一，她不断从情绪、感受和思考中探究适合自己的思维方式和行为模式，以及这些模式背后的原因。在思考的路途中，她一次次尝试去接近生命力的本源。那种意识上的觉知和打开的过程，每一步都充满了更进一步的喜悦。正如许静对房间所寄予的："一个个房间就是我的一个个支点，我将从这里一跃而起，抓住梦想的手臂，去往那越来越宽广、越来越遥远的天地。"(《房间》)她一步步走向开阔，走向更辽远的世界，同时，不惧不忧。

法国谚语说，世界对爱动感情的人来说是个悲剧，对爱思考的人来说是个喜剧。那对爱读书的人来说呢？世界悲欣交集，充满美和怜悯。其实，对于爱写作的人何尝不是如此。写作，让许静插上翅膀，从更高远的地方看待这个世界，深沉地爱着这个世界中的你和我。

张 菁

著名评论家，现任《青年文学》主编

2023 年 9 月 16 日

目录

流　水

尘 埃

流水

房　间

夜色一点一点弥漫开来，寒气渐渐从脚底升起，早春二月傍晚的房间，还不够温暖舒适。我合起桌上的笔记本电脑，环顾一下这个待了一天的房间。白天正从这里无声逃逸，黑夜肆无忌惮地长驱直入，房间里的物事影影绰绰。我一时茫茫然，如身处孤岛。拧亮台灯，暖黄的光晕霎时绽开，我熟悉的气息漾起。

这是我的房间，与世界上其他任何地方相比，它与我最血肉相连，如果没有这样一个地方，我不知道我的灵魂将会栖息在哪里。

一

我住过那么多的房间。那一个个房间是我的一个个渡口，我短暂地停留，又起身出发。

最早属于我的房间是刚上初中时的房间，在老家二楼西面。

小时候，我是个到处乱跑的疯丫头，上了初中，人好像一下子长大了，开始渴望有一个自己的空间，安放越来越疯长的朦胧的心思。记得那个房间非常大，像空旷的仓库。没有装饰，也几乎没有家具。一张单人床，床边是个大大的红色的方箱子，架在两张方凳上，里面放衣服，箱面就是桌子，我在上面整齐地排放自己的书。我的房间好像没有过女孩子喜爱的布娃娃和俏丽的装饰品。在我以后住过的每个房间里，书总是主角。一部分书跟着我辗转许多房间，和我一样，是房间的主人。它们在我的墙上、桌上、床上和地上，以主人的姿态占据着空间。拥挤的书总是让我感到某种温度，它们像许多个熟悉的灵魂陪着我，使我不再感到孤独。

因为房间实在是太大了，我用零花钱买来花布做成布帘，用布帘隔出一个适宜的空间。我还配了同样的窗帘。我的所谓小资产阶级情调就是在那个时候萌芽的。后来，我每换一个房间，都要在窗帘上花很多心思，我因此有过很多花色各异的不同面料的窗帘。其实我是个很懒的人，窗帘是我的例外。还有台灯。初中时的房间里，我在床边放了一盏发出暖黄光晕的小台灯。我一直喜欢暖色调的灯。我喜欢在黑夜里，身旁有一簇温暖的火，照亮自己的天地。

我把人生中第一个自己的房间布置得像模像样了。在那个房间里，我偷偷试穿一件件让我少女的脸微微发红的内衣。在那个房间里，我翻开了自己第一本日记本，记下了第一篇日记，从那时起，写日记成了习惯，直到今天。在那个房间里，我偷看后面楼上邻居姐姐的男朋友。姐姐的男朋友是卡车司机，一见他的卡车停在后面楼下，我就冲回自己房间，躲在窗帘后面，盯着他看，看他微微卷曲的头发，看他脸上阳光般的微笑。

在那个房间里，我做过无数瑰丽的梦，为小小的成功喜悦或得意，也沉浸在青葱岁月无可名状的迷茫、忧伤和惆怅中。在那个房间里，我无数次想象未来，无数次想象远方，无数次想象离开。当时不曾想到，当我真的踏出那个房间，人生就不再回头，再回不到洁白如月光的青春岁月。

一个暮夏的细雨霏霏的早晨，我有如一心试飞的小鸟，迫不及待地冲出了那个房间，离开了家乡，告别了那段有着朦胧色彩的时光。

二

我走进一幢黑洞洞的砖木结构的三层老楼，在那里开始了我的高中寄宿生活。女生宿舍在二楼的北侧，又是个大大的房间，但却十分拥挤，里面摆了十几架双层铁床，住了近三十人。为了靠近窗户，我用下铺跟别人换了最北的一个上铺。床头是扇小窗户。我在窗户那头的床头挂了一条小小的窗帘。我喜欢上铺，干净、安静、光线充足，只是有些担心摔下来。确实有同学半夜从上铺掉下来的，摔伤了腿。我自己虽没掉下去过，但衣服、被子不止一次掉下去，落入下铺同学偷懒没倒的洗脚水里。

那个时候，我对生活没太多要求。不像现在对居住环境挑三拣四：地板要光滑明亮，室温要四季如春，屋内要放好听的音乐，窗外要有好看的风景……那个时候，晚自习结束，从教学楼前长长的紫藤架下走过，沿着操场边一条坑坑注注的水泥路前行，我们回到那个拥挤的大房间里。大房间里一下子人声鼎沸。说话声、洗漱声、咀嚼零食的声音此起彼伏。直到大家全钻进了被窝，安静多了，可仍有几个人在窃窃私语，说着高年级的男生、教体育的男老师，以及语文老师的新发型什么的，有时还会有几不可闻的哼唱流行歌曲的声音传来。终于，熄灯的铃声响了，屋内才逐渐安静下来。

黑暗的房间像黑夜里的海洋，我的床像小船，载着饱满起来也沉重起来的青春，跌跌撞撞前行。

过去的我成绩优秀，那段时间却退步得一塌糊涂。没有早恋，只有对未来的焦虑：无数条前途未卜的路在眼前展开，我急于攀到理想的高度，又怕达不到，患得患失，内心充满忧愁。我原本文理科平衡，甚至理科更好些，从那时起，作文开始进步，理科反而一落千丈。那本是最绝望的一段日子，想起未来，眼前一片黑暗，甚至觉得自己不会有未来，然而，晚上回到那个嘈杂的大房间里，我居然夜夜安眠。就在那个房间里，某个愚人节前夜，我做出一个人生重大决定，从所在的重点中学转到了一所以艺术教育为特色的普通中学，拾起了我喜爱的画笔。

许多年后，我常忆起那个对我来说惊心动魄的夜晚。那个夜晚，我难得地失眠了，黑暗中，我大睁着双眼，忐忑不安又激动万分地选了一条艰难的路。就是在这个房间里，我下意识地握住了自己的青春，将她投入了无边无际的未来。

三

我后来再也没住过那么大的房间。以我离开那个嘈杂而生机勃勃的大房间为界，我的高中生涯如断裂的地层般成了无法弥合的两截。我擅自转校的举动令我的父母震惊不已。他们甚至对我产生了莫名的恐惧，愤怒然而手足无措。我几乎成了问题少女，我的未来在大部分人眼中已经黯淡无光。

颇费周折地在那所普通中学挂上了学籍后，我和几个学画画的同学一起到几所美术院校接受专业训练。我的房间开始和我的生活一样，呈现出动荡不安的色彩。我们借住过那些学院的学生宿舍，也租住过校外窄小简陋的民房，甚至住过同学亲戚家的阁楼。那时候没有苦和累的感觉，反而有振翅欲飞的激动和自由感。我甚至有一种破釜沉舟、背水一战的激情，时时振奋自己前行。

在那一个个我随时可能离开的房间里，我通宵达旦地画画、学习。那些房间牢牢地托举着我少年的梦，又轻轻地安抚着我幼兽般四处乱撞、无处安放的灵魂。它们沉默不语，却是我最坚定不移的知己和战友。一起学画的同学来自全国各地，他们都有自己的故事和理想。我在那些房间里接触到五湖四海的气息，仿佛一只青蛙从井底跳出，看到世界是那么大，人可以走那么远。

我的未来突然变得那么清晰，我仿佛看到它就在远方安静地等着我。一个个房间就是我的一个个支点，我将从这里一跃而起，抓住梦想的手臂，去往那越来越宽广、越来越遥远的天地。

四

就这样，我迈开脚步，逐渐远离最初的起点，走向未来。最终，我如愿以偿，住进了大学女生宿舍。我的父母松了口气，对我的期望到此为止，而我对自己的期望才开始起步。我仿佛刚刚安静地坐下来，开始审视自己刚刚安静下来的生活。

这时我住一间六人宿舍，六个女孩——包括我——把它布置得如同一件艺术品。这个房间有个小巧的阳台，阳台前一排高大的花树，常常有男孩在树下等待女孩。有月亮的夏日晚上，年轻的大学生们会在阳台上高谈阔论，仿佛整个世界都握在他们年轻有力的手中。而我已经清晰地知道，自己只会在这里暂时停留，终有一天，我会离开，前往另一个地方。这个充满青春气息的房间始终与我是若即若离的关系。我记得那个时候我在日记本里写下一首诗，诗的题目是《我沉在河流的底层》。确实，大学的那个房间于我，如同一条安静的河流，而我是沉在河底的静默的细沙。

大学时光缓慢而又疾速地流走。当我在一个夏日永远离开这个房间的时候，我突然产生了一种对时光的怀疑和恐惧：我真的在这儿度过了我的大学时代吗？白花花的阳光照耀着高大的花树，树上花朵怒放，仿佛一簇簇燃烧的火焰，就如同我们的青春。我突然感到，一种最纯粹的色彩就要从我的生命中无可挽留地消逝，忧伤一下子抓住了我渴望离开的心。

五

怀着莫名的忧伤，我来到了另一座城市。在这座城市里，我有了一张体面的办公桌。可是，我没有自己的房间，我借住在亲戚家的客厅里。狭窄局促的客厅显然放不下我的不羁，我开始为有一间自己的房间奔波，在城市中辗转流离。我租过城郊的农房。

冬日的夜里，结束与同事的聚餐，我独自一人骑过城市空旷的大街，骑过城郊菜田间的小路，回到我的小屋。我现在还清晰地记得那时冬夜的天空，在寂寞的路灯光之上，天幕在沉沉的黑色中泛着冷冷的白，在我的心里，那是寒冷和孤独的颜色。后来，我借住过工厂的工人宿舍——一个充斥机器声响和机油气味的房间。我一反常态，没有生出以后一定会离开的感觉，反而有一种回家的亲切。其实是我已经适应了住宿舍，在偌大的城市里，我非常需要一个能安顿灵魂的地方。夜夜机器轰鸣，将我内心的缝隙填满，如此，我每天清晨的步伐才不至于踉跄。然而，当我终于能用沉稳的步伐行走在这座城市的大街小巷，这个粗犷的房间开始让我烦躁了，在那里度过的酷暑和严寒也开始令我感到煎熬了。终于有一天，跟着我辗转多年的那些书在一场水灾中损失殆尽，我崩溃了。我好像突然惊醒，对自己多年的寄宿生涯，对自己诸多的隐忍感到不可思议。或许，我骨子里不是个能吃苦的人。遮挡在辛酸生活表面的浪漫面纱跌落，内心对所谓生活质量的渴求无法阻挡地苏醒了。突然之间，我对这个房间一分钟都不再能忍受了。我的灵魂急不可耐地要挣脱我的房间。从那时起，我的心和我的房间进入了相互排斥又不得不相互忍受的阶段，这种关系发展到极致，就是我的人停留在里面，我的心在外面行走，根本无法停下脚步。

六

那段时间，我变成了一只没了脚的鸟。在自由飞翔的中途，我突然累了，可是却无法落地，这让我心生恐惧，也让我对自由和飞翔产生了怀疑：难道自由和飞翔就是无休止的追逐和奔波吗？或许奔走了千万里，远方的风景一直就在自己的心里，那么，为什么不停下来呢？

我买了一个一居室的小房子，搬离了那间工厂宿舍。

我终于实现了长期以来的有一间自己的房间的梦想。我有了一张书桌，也有了一个书橱，我的书全部入橱，从此扬眉吐气。我甚至花了"巨款"，把一整面墙挂上了我喜爱的窗帘。这个房间就如同一个梦。我的台灯依然是暖色的，在深夜里，它和我的书一起陪伴着我。这个房间成了我的双脚，让我安静而平稳地站在了这座城市森林里。然而，冬日的夜晚，我穿过城市空旷的大街，来到住的楼下，路灯寂寞地照着黑暗的夜空，我的房间在黑暗中泛着冷光，跟当年租住的农家小屋一样凄清。缤纷灿烂的灯火如盛装一般包起城市，而这座城市对我而言，只是一个空洞的坟墓。我突然渴望在我那漆黑的房间里，有个人为我点燃一盏灯，那灯温暖明亮地照耀着寒夜，好似明媚的春光。终于，一个春日的夜晚，空气中弥漫着芒草淡淡的清香，他来到了我的房间。这个房间成了我演出生活最好的舞台，他热烈的掌声让我从容优雅。我终于落了地，停留在他的怀抱中，这个怀抱无法阻挡地成了我又一个辽阔无边的房间。

七

生活永远在前进，我来到了现在的这个房间。这其实是一套大居室，我奢侈地拥有好几个房间，包括一间独立的画室。我在不同的房间里挂上自己不同的画，餐厅挂一幅工笔荷花，阳台一角小茶座旁的墙上挂一幅白鹤图，画上一只白鹤站在高山顶上，在暗蓝却近乎透明的夜色中，迎着清丽的月光翩翩起舞，我始终不渝地喜爱这幅画，当时只用不到两个小时画完，它就是我一个永不褪色的梦。唯一没有挂画的是卧室，那里挂的是大幅的中国地图和世界地图，地图上我用粗黑的笔勾出了去过的地方。我想象着有一天这两幅地图布满我的标记，那该是何等的壮观啊。一反常态，我放弃了挂窗帘，那是因为一排排高大的花树就在窗外，它们挺拔俊朗，威风凛凛，如同我玉树临风又忠心耿耿的爱人。阳光充足的早晨，树丛里小鸟的歌声飞进我的房间，把我唤醒，那温馨美好的感觉并不亚于我爱的那个人在我耳边表达情意。现在，我感觉自己深深地植入了这个房间，根越扎越深，日益枝繁叶茂。我似乎可以享受收获了，成就感如甜蜜的网把我牢牢粘住，又如温暖舒适的洞穴让我不愿离开。今天，我再一次细细打量这个我已熟悉得不能再熟悉、等同我自己的房间。我感到我是那么深爱它，又隐隐地有点怕它。也许，我现在已不是一只没有脚的鸟，我变成了一只候鸟，冬天过去了，我又要向远方飞去了。我总是渴望向更高、更远的地方飞去。我发现，即使我现在的房间如黄金般灿烂而珍贵，可要是把它挂在我的翅膀下，我终究会因不堪重负而坠落尘埃。

八

　　此刻，春天就要来临。万物复苏，百草萌芽，大地从冬眠的沉醉中醒来，生命在萌动。一切是那么欣欣向荣。我微笑地剥下身上冬的厚壳，理好羽毛，准备起航。但我分分秒秒都不会忘了这个守候我的房间，也不会忘了窗外守候我的那些花树，无论我飞到哪里，这里始终是我唯一的家，是我血肉的一部分。终于有一个房间成为我真正的家，我不能把它挂在翅膀下，但我要把它装在心房里。如果有一天我想要停下，只会落在这个房间、这个家。

去往格鲁吉亚

知道我们要去格鲁吉亚，朋友圈里一片惊诧之声：确定吗？那里有战争吗？那里贫穷落后吗？

我们选择这个夏天走一趟格鲁吉亚纯粹是一时兴起。确实，跟国人熟悉的西欧或东南亚相比，格鲁吉亚这个东欧小国让人感到陌生。但正因如此，才令人好奇啊。对于陌生的向往，不正是出游的动力吗？或许是为了找回旅行的新鲜感，或许是为了避开让人抓狂的人流，我们选择了格鲁吉亚。从酷暑中的南京出发，经停南充，又在乌鲁木齐转机，三起三落，十七个小时后，我们在璀璨夜色中降落在格鲁吉亚的首都第比利斯。第比利斯地处黑海和里海之间，依傍着高加索山脉。

这里没令我们失望，绝对是个适合深度游览或者度假的好地方。

在格鲁吉亚十多天，正值高加索地区的盛夏，温度却始终凉爽宜人。不过，这里的天气个性很强。第一天早晨，我们在旧城闲逛，天空高远，明净通透，阳光温柔，令我们颇为享受。突然之间就下雨了，先是细雨，渐渐密集，我们赶紧撑起伞。我们很快发现，街道上几乎只有我们打伞，当地人从容地走着，好像不曾下雨一般。我们面面相觑：他们为什么都不打伞啊？很快，我们就发现了不打伞的原因，且也适应了不打伞。因为，那里每一场雨都是突如其来、转瞬即逝。格鲁吉亚没有连绵的雨季，夏日的骤雨为当地人喜爱，他们视为一种享受。

格鲁吉亚一年到头几乎都阳光普照，更兼土壤肥沃，是世界上最适合葡萄生长的地方，也许没有之一。它因此被称为"上帝的后花园"。

几乎所有的旅游攻略都大谈特谈格鲁吉亚的葡萄园和葡萄酒。葡萄可以说是格鲁吉亚人的图腾，格鲁吉亚的文字扭来扭去，看起来也像是葡萄藤蔓。全球四千多个葡萄品种，格鲁吉亚拥有五百二十五种，是世界上拥有最多葡萄品种的国家，里面包括一些它独有的珍稀品种。1965年，对格鲁吉亚出土的十粒葡萄籽的研究表明，它们属于七八千年前的人工栽培品种，是所发现的最古老葡萄品种。格鲁吉亚还发现了八千年前的陶酒罐，也是人类酿造、饮用葡萄酒的最早物证。可见格鲁吉亚这片土地葡萄种植和葡萄酒酿制之久远。行走在格鲁吉亚，无论城市还是乡间，葡萄架随处可见，硕果累累，触手可及。酒庄也比比皆是。在格鲁吉亚的第三天，我们从山谷里的爱情小镇西格纳吉出来，在乡下无意间撞见一座有五百年历史的老酒庄。它几乎就是葡萄酒的博物馆，从葡萄种植园到地下酒窖，无所不包。酒庄里的年轻人带着我们参观。古老的酿酒器具仿若生了一层釉的油画，静静地散发葡萄酒般的迷人光泽。地窖里，厚厚的墙泥湿润绵软，酒香浓郁。岁月在这里沉醉了，我们也在这里沉醉了。我们在这百年酒庄里把各种葡萄酒一一浅尝，直至微醺。回去的路上，我们不由扯了嗓门高歌，惹得给我们开车的格鲁吉亚老头哈哈大笑。这一幕多么像那个格鲁吉亚传说，传说里说，上帝给大家分发土地，格鲁吉亚人却喝得酩酊大醉，以至于去迟了，他们却也不懊恼，去了后还给上帝献上自酿的美酒，上帝一开心，给了他们最肥沃的后花园。

格鲁吉亚人热爱美酒，懂得享受生活。这里的清晨一片静谧，因为人们夜夜聚饮，直至凌晨。我们觉得第比利斯这座城市上午总在睡觉，因为一切事务要在十点之后才有人办理。城市的夜晚是沸腾的，宁静的库拉河两岸，山冈上下，是层层叠叠的灯火，酒馆里，无数只葡萄酒杯在欢唱，在旋转，人们仿佛很久以前就已经坐在那里，不曾离开，进行着一场永不结束的欢宴。这个季节，太阳在这里磨蹭着不肯下山，日落要到晚上八点之后。可能正因为时光充裕，人们大多一副慵懒的神态，脸上波澜不惊。那是一张张带有被阳光充分照射痕迹的脸，眼角眉梢莫名有些悲苦气息。这就是典型的外高加索人容貌吧：一双西方人那种深邃明亮的大眼睛，面部线条却要柔和得多，显露东方人的温和气质，可谓兼容东西。

格鲁吉亚和亚美尼亚、阿塞拜疆一起挤在狭长的外高加索地区，位于欧亚大陆的分界线上。它们到底属于亚洲还是欧洲，一直是个微妙难解的问题，这也多多少少对这些国家的发展造成不利影响。虽然早期人类活动遗迹众多，格鲁吉亚却仍是世界历史的一个谜。它的历史大多散落在周边其他国家历史记载的边边角角里。格鲁吉亚一直是周边强盛国家——北部的俄罗斯、东南部的波斯和西部的土耳其，还有较远的蒙古国等——的跑马场。到第比利斯的第一天，我们就去逛了国家博物馆。这是我们格鲁吉亚之旅的第一个节目。

通过导游讲解，我们了解到格鲁吉亚很少有独立发展的时期，只有前述那些国家处于衰弱，或对格鲁吉亚友好时，它才能喘口气，在夹缝中求得一点繁荣。格鲁吉亚的黄金时代是13世纪初期的塔玛皇后执政时期。1917年俄国革命，格鲁吉亚宣布独立，但很快又成为苏联的加盟共和国之一。1991年苏联解体，格鲁吉亚才算真正独立。

时至今日，格鲁吉亚依然相对贫穷落后，首都第比利斯以外许多地区仍处于极度贫困的境地。格鲁吉亚人普遍开着美、欧、日、韩淘汰的二手车，有时候方向盘在左，有时候方盘在右，碰到哪种算哪种。大部分车辆都破破烂烂的，马达也不给力。就是这样的破车，格鲁吉亚人在坑坑洼洼的道路上开得飞快。而这里还极少有红绿灯和警察，交通全凭开车人自我调节，倒也没什么事故。我们遇到的格鲁吉亚司机都风度极佳，像是苏联电影里的工程师或教授，仪容整洁，态度温和，彬彬有礼，而且车技娴熟。

第比利斯的地铁则很惊险。这里的地铁不安检，凭通卡——既能坐地铁，也能坐公交，还能坐城中缆车等——通行。我刷卡进站，一步踏上下行电梯，很快就发现情况不妙。因为这里的电梯长得不可思议，坡度极陡，速度也快得惊人，让人感觉心脏就要脱离胸腔飞出去，真是心惊胆战不已。我稳住心神，攥牢扶手，观察四周，这才发现前后的第比利斯人都以身体微微后倾来保持平衡。地铁很深，由苏联时代的防空洞改建而成，光线昏暗，装修简陋，隧洞水泥墙潮湿，真仿佛是什么怪异的时空隧道。第比利斯沿街大多是破败的老楼，极尽沧桑，其他城市更不必说。不过，这些老楼有着庄严的石头框架，雕饰依稀可见昔日的精美，且大多为拜占庭风格，可见历史相当悠久。不多的新的大厦从老楼间生长出来，造型新颖奇特，时尚感十足。不得不说，新旧杂陈赋予这座城市一种独特的风格。山冈上错落着教堂、要塞、碉堡，或残破，或庄严，当阳光为它们披上金色，它们就散发出遗世独立的静美，成为城市一幅绝美的布景。旧时光并未远去，新生活正在来临。格鲁吉亚正处于急剧的变革中，这里的人们需要找到一种新的生活方式。虽然这个国家长久以来都被认为是一个"失败的国家"，眼下也各种问题层出不穷，但人们仍旧乐观。

　　格鲁吉亚的物价不似我们想象中低廉，我感觉与中国相差不大。这里的五星级酒店不怎么高端，一晚上也需要六七百拉里，一拉里相当于人民币 2.5 元。从机场到酒店大约三十公里，酒店的车子来接，我们付款五十五拉里。租一辆破车去一百八十公里外的景点，通常是两三座郊外小镇或乡野，来回需要二百五十拉里。在第比利斯老城街头，一杯鲜榨橙汁十五拉里；在姆茨赫塔古城中，一杯鲜榨石榴汁十拉里。纪念品如当地风景冰箱贴或小酒杯，三拉里、五拉里或十拉里不等。但我心仪的那些做工比较精致的工艺品，如具有当地艺术特色的陶罐，就需要一百多甚至

几百拉里了。听人们说这里房子出奇的便宜，五万人民币就可以
买一套普通公寓，让人有点不敢相信。但那或许是真的，因为杂
货店里和菜摊上的商品相当便宜，例如，一杯袋泡咖啡约0.7拉
里，精致餐馆里三人份牛排、甜品、葡萄酒，外加蘑菇汤等也就
一二百拉里，而且相当好吃。不过，大多数小餐馆里的格鲁吉亚
餐非常难吃，狠狠地咸不说，香料用得重，怪味百出，让人再便
宜也不敢试第二回。物价诚实透明，基本不还价，无论首都市中
心还是偏远山区，同类商品报价几乎一致。可见，格鲁吉亚还没
有沾染上所谓"旅游胜地"的坏习气。第比利斯的旱桥市场是游
客必去之地。那里绵延几公里的道路两旁和林间空地上满是各式
各样的老物件和新商品，就直接摆在泥地、草地和碎石子路上。
商品从老唱片、小雕像、胸章、饰品到旧家电、充电器、新旧不
一的水晶灯具、皮具、刀具、瓷器、毛毯，什么都有。我把注意
力放在画作上。很多画作也都是粗制滥造之作。但我遇到了当地
一位水彩艺术家，他的水彩作品几乎都是当地街景，画得很清
新，且具有浓郁的俄罗斯风格。一幅比八开大一点的作品，要价
才一百二十拉里，最终一百拉里成交。我实在不好意思还价，一
是作品确实不错，二是画家那张典型的高加索人的脸，脸上那种
略带悲苦的表情，是陈丹青所说的贝托鲁奇准确描述过的"前消
费时代的淳朴表情"，也让我不忍还价。画家指给我们看画作背面
他的签名和个人简介，并赠送给我们一些有他作品介绍的明信片，
又给画作装上画框，末了，还跟我们握手、合影。我捧着这个遥
远小国的不知名画家的作品离开，有一些欣喜，也有一种难以名
状的伤感。或许是一种惺惺相惜之情？不一会儿，我又遇到一位

油画画家，他的作品欢快中带点幽默，也很让我喜欢，于是又以差不多的价格买了一幅。油画画家倒不怎么显得悲苦，合影的时候，跟我们一样笑容明媚。这里能被称为艺术品的画作真的不多，别看格鲁吉亚大街小巷到处都是卖画的。在木偶广场附近，我看见有个老年男子在卖我熟悉的油画家皮诺的作品，开始以为是临摹，细看才发现是打印的。竟然还有一些是先打印出来，再用油画颜料描一描，真让人无语。

　　总的说来，格鲁吉亚确实是个艺术氛围浓厚的国度。与到处可见的破败景象相比，第比利斯的美术馆新得出奇，舒服得出奇，馆内宽敞明亮，设施完备，陈列设计也很具匠心。正在展出的那些杰作，令我流连难舍。还有就是格鲁吉亚的城市街道上大大小小的雕塑遍布，连一些垃圾筒也是趣味十足的雕塑造型。山野间的道路旁和空地上也不时会冒出雕塑来。最有名的室外雕塑在第二大城市巴统，当地人称为"巴脱米"的地方，就在黑海边的广场上。那是阿塞拜疆少年阿里和格鲁吉亚公主尼诺，他们以彼此遥望的姿势面对面站立着。每当夕阳西下，这两尊巨大的铸铁镂空人体雕像就相向移动起来，一点点靠近，相拥，亲吻，合而为一，再穿过对方的身躯，分离，背向而行。我几年前在网上看到过这雕塑的视频，深为震撼，差点落泪。人世之爱，宿命般的相遇、相吸，融为一体又残酷地分离，被如此惊心动魄地展现出来。我来格鲁吉亚，也是想亲眼看一看这件名作。不知是不是有葡萄美酒加持的缘故，格鲁吉亚散发浓浓的爱情气息。山谷里的小镇西格拉吉以爱情出名。这里一年三百六十五天、一天二十四小时都可以办理结婚手续。很多格鲁吉亚乃至来自世界各地的青年男女专程来此举行婚礼。小镇对面就是高高的高加索山脉，山后就是阿塞拜疆，这里是否就是阿里和尼诺的那条爱情通道呢？

　　来之前和到达后，我一直在寻觅格鲁吉亚文学经典，想从文学的角度去深入感受这块土地。遗憾的是除了一会儿翻译成《虎皮骑士》，一会儿翻译成《豹皮骑士》的一部诗集，再没有找到其他。我也没有找到什么足以引路的文学形象或文学地标。格鲁吉亚当之无愧的文化名人是斯大林。到第比利斯旅游的中国人大多会去探访那个著名的地下印刷所，茅盾写这个印刷所的文章曾收入我们的语文课本。地下印刷所位于老城郊区，红色外墙的建筑保存完好，大门上有我们熟悉的党徽。二层小楼完全是当年的面貌。走一段地下坑道就到了印刷所，印刷所里陈列着锈迹斑斑的印刷机，场景一如当年，也就是说，与课文描述的一模一样。苏联解体后，格鲁吉亚政府不再负责这里的维护和运营，日常接待游客的是当地的几位老人，类似志愿者。看到中国人来，他们都很兴奋，讲得很起劲，且绘声绘色，让我们仿佛穿越到了那个年代。当然，讲解结束后要给小费，但这些老人非常热情地和我们拥抱并合影，显然，中国游客在这里的待遇是高规格的。

　　格鲁吉亚的旅游资源相当丰富。在那里的十多天里，我们去探访了被旅行指南《孤独星球》评为"世界上最孤独教堂"的卡兹别克雪山上的圣三一教堂，游览了《孤独星球》"高加索三国专刊"封面上的阿娜努日要塞。从城市到乡村，一路之上，看不尽的高山峡谷、溪流草甸、成群牛羊。夜色快要降临之际，我们站在山冈上，在风中远望城市或旷野，常常疑心自己置身另一个美丽非凡的世界。

　　要用一种颜色描述格鲁吉亚这个国度，我选金色。格鲁吉亚有着金色的阳光和土地，金色的城堡和教堂，金色的河谷和葡萄园，酒也泛着金色的光泽。这不奇怪，因为这里正是伊阿宋寻找到金羊毛的地方，它作为一个梦，也像金子一样闪闪发光。

日子怎么过去

　　今天在《三联生活周刊》上读到一篇文章，说翻译家朱生豪看了场扫兴的电影，喜欢吃的糖也不想买了，并且失望地抱怨道："二三十家电影院连一张好片子都没有，日子怎么过去啊？"

　　日子怎么过去啊？这真是一个很有意思的问题。普罗大众讨生活，一天天忙忙碌碌，好不容易从琐碎的日常生活中抬头看看岁月，都会一惊：好像并没有做什么呀，怎么一回首已是百年身？光阴真的似箭啊！

　　为啥老百姓的日子好也罢，坏也罢，都像流水一样悄无声息就流走了呢？我想，可能是因为重复。无趣的日子看似漫长，其实一眼望到头，反而是很短的。文化人有时就会多想，连一张好片子也没看到，这一天不是白过了吗？一旦开始思量要如何把日子过得有意思一些，就会触及"日子怎么过去啊"这样具有美学意义的问题。

知堂先生在《北京的茶食》里写道："我们于日用必需的东西以外，必须还有一点无用的游戏与享乐，生活才觉得有意思。我们看夕阳，看秋河，看花，听雨，闻香，喝不求解渴的酒，吃不求饱的点心，都是生活上必要的——虽然是无用的装点，而且是愈精炼愈好。"这位散文大家，必定也是位生活艺术家，懂吃，懂玩，懂生活。这种无用的美好的理念，在旧时光的慢生活里到过顶峰，后来渐渐沉寂。

如今生活日益丰富多彩，日子普遍沸腾如水，人们大多行色匆匆，交谈起来免不了喊忙，只恨时间不够用。我不知道周围有谁在为电影院里看不到一张好片子而郁闷，事实上，好片子确实也不多。当年知堂抱怨北京没有好吃的小吃，事实上，现在的小吃真正好吃又大众化的又有多少呢？

20世纪90年代末到21世纪初那十多年我在常州城，那时，是颇有一些好吃的店的。后来再回常州，感觉大不如前。江南如此，其他地方自不必说。南京城一向大萝卜风格浓郁，难得有几家广东风味的茶餐厅，排队要排好久。前些日子去了一家，去得早，总算不用排队，品尝一番，确实不错，但仍不能跟十多年前广式大小酒家比。时代总要往前走，一路上遗漏一些美好是避免不了的。

好在现在家宴回归，家庭大厨迭出，正餐之外，中西式点心也是轮番上阵。也许是自家用的食材好，只要做成，味道都相当可喜。这真是一件令人拍手的好事。除此之外，主妇们很关心别人家的餐桌上都有些什么，愿意学习。一日三餐是过日子的重头戏，交流菜式就是交流生活，一时一蔬，一季一果，日月流转，日子不就美美地过去了？

好片子的问题，现在在南京似乎不成其为问题。这座城市曾被评价"贩夫走卒皆有六朝烟水气"。生活其间，是能得到浸润的。各式各样的文化活动多，总能不期而遇。这些年，我在这里不知参加了多少雅集，看了多少不要门票的展览和演出。家周围步行距离内，南艺和先锋颐和书馆是常去的，老朋友一般。清凉山、古林公园和玄武湖也近，提供了我一年四季的风物花事。还有南京大学鼓楼校区，有段时间，我居然常去蹭课，甚至参加一些小型座谈。那时候，真是乐意把时间花在这些事上呀。点点滴滴的记忆，指引着时光流逝的踪迹。

有时候，我也非常好奇：别人的日子是怎么过的？除了上班，他们都在忙什么呢，运动？聚会？恋爱？哪样都挺好。现在可选择的多了，实在无事可做，可以安静地看书。于我，还可以去画画。这样一想，现在真是好时光呢。

我以为，无论怎样生活，不要太过繁忙，也不要太过圆满，留一点闲适，也留一点期待，从容地慢慢度过，再好不过。

短途旅行

高铁开通以后，很多地方突然拉近到了眼前。不仅是那些散落各地的山水，连同那里过去的岁月，在岁月里流传的故事，都好似突然来到了你身边。这几年，利用周末或者短假，我去了好多小城。

是的，都是小城。是那种有着长长历史的繁华不再的小城。曾经，它们是文化和商业的繁盛之地，现在已不怎么引人注意了，即使假日过去，也不会挤得人山人海。比如芜湖、安庆，比如德清、湖州，比如宜兴、溧阳。这些地方，通常还有着青山绿水和旧城遗迹。待上一两天，不必赶景点，只要像局外人一般享受无所事事的从容就好。它们给你新鲜感，以及置身陌生人群的安宁。

从南京坐高铁过去，一般只需一小时左右的车程。周五的傍晚，结束一周的工作，放松身心，找回自己，带着一种特别安然的心情，踏上开往他乡的列车。远离熟悉的城市和熟悉的生活，不禁会有一种归园还乡的错觉。实际上，当你刚站上月台，你就能感觉到自己好像轻快了起来。郊外的高铁站里，夕阳的余晖洒在开阔的田野和秀美的树林上，也把你笼罩住，突然之间，你就仿佛遇到了陶渊明一般，忍不住想吟一吟"山气日夕佳，飞鸟相与还"和"久在樊笼里，复得返自然"。

　　或许比你坐公交车下班回家还快，你就置身于一座只能在书本或电影里遇见的城市了。或许这座城市有点嘈杂、脏乱，但你却依然心怀喜悦，饶有兴趣地打量着它。这里谁也不认识你，你也谁都不认识，在这样一个陌生的地方，生活的重压是在别人身上的，而你只是一个过客，暂时地逃离了你的现实。因为置身事外，就好像拉开了一段距离在看这个世界，你比往常会细腻、敏感一些，总能发现一些平日里留意不到的趣味，这便是过几日他乡生活的乐处。

　　这样的短途旅行是特别安逸的，不必匆匆赶路。有意思的地方是你可以像当地居民一样，慢悠悠地坐上公交车，看着沿途的风光，一站一站地坐过去。或许穿越大半个城市，你只是去看一座几乎无人问津的破败的老楼，或者一面寂静的湖水，湖边上一座沧桑的古塔，也可能一回头无意间看到了几乎废弃的一座石拱桥。有一年在湖州就是这样，在街上走着走着，真的只是一回头，就看到了那座潮音桥，它安静而优美地架在河面上。那种不属于现代的线条，古朴的石板的颜色和光泽，石板缝隙里迎风摇曳的杂草，都令你心惊，又莫名感动，仿佛被厚重的时光和历史击中。那天下午，我就那样静静地坐在桥的石阶上，晒着阳光，想象着当年从桥上走过的人。不知是否曾有痴情男女在此苦苦守候，那也只有河水和这石桥还记得了吧。今天，人们已经很少从这桥上过，对面已经建起一座新的钢筋水泥桥，造型没有这座桥美，车水马龙，一概匆匆，无人停留。这座石桥并不是旅游景点，不会出现在旅行社的日程通知里，它只是活在这座城市的传说里，活在远去的时光里，只有深入到这座城市的角落，你才会与它不期而遇。这是独属于个人化短途旅行的美好。

同样的，在芜湖，你可以在江边的风中感受一下当年米市的繁华。在一片灰褐色的老房子间，你可以想象一下潘赞化刚到芜湖上任，在这里遇到了那个叫玉良的姑娘，成就了一段传奇，诞生了一位杰出的女画家。还有，在安庆，在安静的皖江公园，你或许能想起徐悲鸿与孙多慈在这里度过的那个浪漫之夜。徐悲鸿已过不惑，却如少年一般，几次跑来安庆看望孙多慈，这份情感当时还不被允许，需要掩人耳目。大画家和名门闺秀，心里的爱和苦涩不足为外人道，于是刻下一方闲章，章云"大慈大悲"。现在的安庆市区正大兴土木，旧日风情已很难追寻，引领时尚却还差好长一段距离，若是没有千年文化底蕴为倚仗，正是一座有点尴尬的城市。黄梅戏尚值得一听，其他似乎吸引力不大。但若你是一个短途旅行过客，不抱什么强烈的目的性，只希望在这座城市里追怀一下往日风情，倒也是可以怡然自得的。一座城市经历了千年风雨，很多痕迹还是会留下的。在老城里走得慢一点，再慢一点，那些遗韵就会丝丝缕缕渗出，与你相遇，渐渐清晰。

短途旅行是平常生活一次小小的逃离，让我们把日子过得有点情趣和诗意。有时间、有心情的话就找个周末，坐上高铁，找个小城住两天，在舒适的酒店里慢慢地吃一顿精致的早餐，然后在老城的街巷深处找些散发着光阴之美的地方停留，让这些散漫的时光成为我们寻常日子里的自由和美好吧。

菜市场

年轻男女约会极少会选择去菜市场吧。菜市场拥挤嘈杂、气味难闻，与花前月下、你侬我侬好像不搭，但是，一对男女如果能发展到其乐融融地逛菜市场，买一篮青红黄绿的蔬菜瓜果回去，做一桌青山绿水、色香味俱佳的佳肴，二人对坐享用，关系大可以说是温馨舒适，基本算靠岸入港了。

与这尘世间其他的所在不同，菜市场活色生香且朴素实在，最能激起普通人对人世的兴趣和热爱。一个人不管是怀着什么样的心情走进菜市场，一看见新鲜碧绿的时令蔬菜，留意到菜叶上滚动的露水，闻到菜根一抹湿润的泥土散发的田野气息，总会变得兴奋和轻快起来。菜市场有平常生活里最强烈、最纯粹的色彩美感。你看，新摘的小菜秧，那薄嫩的绿好像还在清晨的雾里呼吸一般。菜薹更绿一点，点缀着嫩黄的娇柔的小菜花，一把把用土黄色的稻草捆着，看一眼，仿佛就闻到了菜薹炒油渣或者炒腊肉的那种鲜香来。春天的菜市，韭菜、马兰、豆苗、空心菜……一水儿的绿油油，绿得真像要滴出水来。滴水的绿再配上葱白的根——而野生马兰葱白的根的底端又有一段紫红，那种轻俏的美，真是让人不禁赞叹大自然种种细小而不俗的美丽。菜市场里绿色是主力军，绿色是大部分菜蔬的当家色，但其他颜色也不少，林林总总，比花园里的花还要姹紫嫣红。苋菜的玫瑰红、番茄的橙红、辣椒的喜庆中国红，还有荸荠的暗绛红，各有各的红，各有各的美，再加上茄紫、藕白、豆芽黄、春笋青……菜市场才是上帝打翻了的颜料盘尽情地泼出的一幅激情澎湃的生活画卷。不同于画或其他什么的色彩，菜市场里的色彩是带有食物的味道的，让人浮想联翩。而这色彩，除了挑起你的食欲外，还让你莫名地感动，为活在这美好的人世感动，也为一茶一蔬、一粥一饭的平凡生活而感恩。

菜市场是市井，为烟火生活所必需，但市井也有高人，也有传奇。且不说什么豆腐西施、龙虾西施，或者猪肉帅哥、油条帅哥，它还是藏龙卧虎之地。我就曾听人说过，有个菜市场里卖青菜的妇人，黑红大脸，粗壮能干，小指缺了一截，据说是为了逼老公戒赌，自己一刀砍了去的。这种令男人自叹弗如的泼辣，背后是一个劳动妇女追求家庭幸福的决心和勇气，令人心生敬佩。而鱼摊边的鱼老板，脖子上戴根粗粗的金链，手臂上各刺一条腾云驾雾的青龙，据说也曾是叱咤风云的人物。断指的卖菜妇人和刺青龙的鱼老板各自在这个菜市场的蔬菜界和水产界独领风骚，原因无他，货好，人爽快，不缺斤短两，生意好很自然。菜市场仿佛一个小小的江湖，有情有义之人声名远播。

在菜市场里，买主也是千姿百态的。有的买主好还价，再怎么便宜，都要还掉一点，以至于摊主不得不暗暗压一点斤两弥补下薄利。有的买主好挑拣，一把蔬菜掐头去尾，再剥掉外面老叶，挑出嫩嫩的芯来，急得摊主大声喝止，有时还会引发争吵。一般来讲，好还价的、好挑拣的多饱经世事，吵架也是一等一的好手，一旦吵起来，那真是抑扬顿挫，比电视剧还要精彩。当然还有一些买客，气定神闲，言语不多，东看西瞧之后，总是把手指向时鲜精品，野生的鲫鱼、黄鳝或新上市的有机蔬果，要么就是绿色养殖的苏北黑毛猪肉，价格贵一点不在乎，压一点斤两也不说穿，只等着摊主认认真真打理好递过来，付钱走人。这样的客户自然是生活顺心顺意的人，所得不少，也就不再过多计较。要是抱着这种心态去逛菜市场，菜市场会变得更加可爱可亲。假如是热恋中的男女或者恩爱的夫妻一起挽着手，慢慢逛，有商有量，一边买一边讨论菜肴烧法，菜还没入口，生活的美好滋味已然尝到，特别能让人感受到岁月静好、现世安稳的味道。

菜市场确实是不同于其他地方的。美丽的公园、精致的餐馆、繁华的商场，甚至迷人的影剧院，都是生活里用来做梦的地方，是带有节日性质的好地方，只有菜市场，充满了日常生活的烟火气，踏实、接地气、细水长流、天长地久，实际上是非常能让人产生感情并且能让这份感情落地生根发芽的地方。

所以，要是相爱，就一起逛菜市场去吧，在这万丈红尘里，做一对和谐的饮食男女，多么好！

男人的小酒席

　　某日，应邀参加一个男人的小酒席，对于男人这种"外星球生物"，又多了些了解。

　　参加的几个男人都有着体面的工作。他们每周轮流做东，在酒楼里聚一次，吃一通，喝一回，聊一场。这种定期的小酒席持续了一年之久，没有上司在场的压力，没有功利主义的目的，轻松随意，纯粹是为放松一下身心，让脚步匆匆的生活小憩一下，做个自然的深呼吸，然后一切继续。

　　在繁忙紧张的现代社会里，男人所背负的压力是巨大的。他们要在这个世界上立足，要有一席之地，要活出个人样来，并不是一件太容易的事情。男人总是要面对世界的挑战，总是被生活逼得斗志昂扬，总是被世人要求坚不可摧。有了泪不能轻弹，碎了牙只能往肚子里咽。事业要全力以赴，家庭要全力照顾。票子要赚，面子要撑，老子要孝，孩子要养。上司布置的工作要做好，下属面前威信要树好，同事关系要协调好。还有，老婆要哄好，否则后院起火不得了；一群朋友要处好，两肋插刀免不了……男人真是累啊。所以，与他们强大的外表对比，男人内心应该也很脆弱，也会在无人深夜独自舔着大大小小的伤口。在他们衣冠楚楚的外表下，包裹的也许是一个伤痕累累的灵魂。然而，在人前，他们必须要站直，谁的腰杆站得直谁就牛，谁牛谁的路才好走，走得远，飞得高，人生才能撑出一片天。

男人也是血肉之躯，只是凡人，不是神。所以，他们需要放松甚至放肆，有时捅一点小娄子，撒一点野，发一点狂。所以，他们会在酒桌上脸红脖子粗地闹，会在办公桌前抽烟抽得腾云驾雾，会在歌厅里放开嗓门乱吼。不过，我当然更愿意他们来点文雅舒心的小放松，比如我的朋友们的这种小酒席。我看着这些男人们在餐桌上豪爽地喝酒，痛快地畅谈，那一刻，真是完全把背着的生活放在了桌子底下。他们轻松地打着趣，一张张脸满面春风。他们高谈阔论，呼风唤雨，个个扬眉吐气，全成了真英雄，让我们在座的一两个小女人好不佩服。我突然觉得男人是多么需要这种敞开心扉的小酒席啊，它仿佛柔顺剂，把坚硬变得松软，把冷酷变得温暖。

男人的小酒席，也许就如女人的购物一样，生活有了这些，才能阴阳平衡，进而天下太平。

轻盈的"中毒"

有位画友前几天分享了她的水彩"入坑史"。她笑称：这是一份"有毒的"推荐哦！

秒懂。一旦你爱上水彩，那么，恭喜你，你就要中它的"毒"了。太丰富的技巧，太诱人的画材，买买买的"毒瘾"一旦染上，是很难断得了的。

我们画群里常年被"安利"各种画材、画册、画师。我这样很少参与"双十一"之类网购活动的人也会积极加入那些团购。实在是因为买画材带来的满足感远远超出购买其他商品的满足感。并且，你会产生一种美妙的幻觉：买了这支笔，我就能画出更加丰富的细节；买了那款颜料，我就能让画面色彩更加美丽动人。而事实是，画材无穷的品牌和各式特性，花样百出的辅助技巧，还有网上太多的画得太好的老师，各种各样的风格，各种各样的课程，会让你买到停不下来，这不是中毒是啥？

　　我细细看了这位画友的分享，发现她的"中毒"程度比我要深太多了。实事求是地讲，在水彩这个圈子里，我仅算轻微"中毒"的一个。这不是凭空说，而是根据与全国各地画友交流情况得出的结论。比如说，我基本没有买过网课，画材囤积数量也不突出，画册可能相对丰富，但这主要是因为买书是我的日常。即便这样，我一看到这位画友的分享，马上也产生了共鸣，被触发了特别的热情和期待。或许今后的水彩之路上，我也会紧追她甚至超越她呢——这样一想，我又不禁捂了一下钱包。

　　暂且不说课程、画册那些，单说颜料、纸、笔，估计三天三夜也说不完。比如那位画友分享的"有毒"推荐，虽然她说还只是九牛一毛，也已经洋洋大观，令人叹为观止了。这位画友在北京，是位小有名气的时尚杂志主编，有实力。比如说纸，我们还在用"莱顿"，她分享的基本上是法国"阿诗"，英国"山度士"和"获多福"，以及国产的"马蒂尼"的"卡拉瓦乔"等。这几样我也有，但目前我还有点舍不得用，贵呀。所以，我平时练习基本还用"莱顿"。说起"莱顿"，去年"双十一"，我们一群人集体化身小仓鼠，囤了多少"莱顿"水彩本啊！我一直以为这种本子可能会涨价，没想到会降价，比我们买时便宜多了。我决定把剩下的约二十本"莱顿"画完也进军"阿诗"。说到底，水彩画材中最重要的还是纸啊，很能影响湿画水彩的质量，特别是技术还没那么牛的时候。

　　刚开始时，我跟这位女主编一样，对水彩用纸一头雾水。跟她一样，我也是用便宜的木浆纸开启的水彩世界，居然也画了很多张，看起来也还可以，后来才发现有问题。湿画法的诗意朦胧，木浆纸难当此任，因为木浆纸水痕生硬。在那以后，我很快懂得了水彩纸的门道：细纹、粗纹、中粗纹，180克、300克，甚至还有600克。还有，要不要湿裱，要不要四面封胶……视纸张的性能，还要考虑一系列衍生问题，涉及其他画材。比如，湿裱就要有合适的画板和水胶带。这里面学问也很多。我也是最近才知道用某个日本品牌的水胶带裱纸才不会脱胶。说到脱胶，我得说囤太多水彩纸难免会有脱胶的危险，所以，买了纸，就快快画吧。

　　我觉得我在这个坑里投钱最多的是笔。实际上，画水彩最不重要的就是笔了。好几个画得好的老师用几块钱的秃头笔照样画得很精彩。然而，我们还是想要买笔。一是笔没有纸和颜料那种储存问题，二是对于没有修炼到位的画手，多种多样的笔还是有帮助的，便于画出更好的效果。我喜欢美国的"黑天鹅"，澳大利亚的"红胖子"，韩国的"华虹"，以及国产的"秋宏斋"、黄有维老师同款玫瑰笔，还有什么猫舌笔，我全部都买过，巨贵的韩国"海伦德"我也忍痛入了几支，包括它那可爱的两把小刷子。这些大多都很好用。然而，这中间我买过的一套便宜的"玛琅"，也一样好用。其实，好笔最大的作用应该是提升信心，增加能量。

　　颜料当然极为重要，毕竟这是水和彩的艺术。颜料的名堂可就太多了。比如说画风景，不需要太艳丽，那就要选择偏灰、偏淡一点的；画花朵或食物，又需要艳丽的。目前市场上的颜料都能满足多样化的需求。各种品牌的颜料都有自己在沉淀、扩散、透明度和色度方面的特性。我现在常用的韩国"美捷乐"，大家公认它色泽鲜艳明亮。记得曾有人跟我说俄罗斯"白夜"不够艳和亮，我从格鲁吉亚带回来好几盒，一用之下，竟是相当艳和亮。

现在估计大家都会觉得"白夜"挺浓郁了，很适合用来画鲜花、阳光等。据说"M.格拉汉姆"扩散好，我想买，但又担心不能忍受那种鱼腥味。后来画友推荐我试试牛胆汁，说能分分钟满足扩散需求，如今我已入，待试，期待在用"阿诗"纸画湿画的时候，能收获惊喜。

我不掩饰自己对颜料的极强购买欲。不说其他，很多颜料的包装颜值都很高，比如放在各种材质制成的盒子里的固彩，会让你产生类似买首饰或糖果的快感，拿到手上会有一种别样的享受。"申内利尔"小盒装就有这种效果，甚至可以作为拍"糖水片"时的可爱小配件。"申内利尔"颜料里有蜂蜜，画起来不干涩，我很爱它这一点。"丹尼尔·史密斯"似乎比较干，不过很多人喜欢用它，我则还没有尝试过。还有"荷尔拜因"什么的。好想把各种各样的颜料都买回来画一画。然而，颜料消耗慢，囤多了极易浪费。只好耐下心，慢慢买，慢慢试。说穿了，只有多画才能实现这个愿望，没有别的办法了。

那位画友的分享还晒了一套"老荷兰"。她说，这是一件礼物。我几乎感受到了她的愉悦甚至爱意。这会是谁送给她的呢？"老荷兰"实在是太贵了。网上这么一套的价格多是极接近五位数的四位数。这样的礼物绝对不是普通礼物，而是很用心的礼物。很少看到有人分享用"老荷兰"的，估计大家还真都用不起。这样的颜料不画出惊人佳作，画手会心生愧疚吧。但是，圈子中又悄悄流传说，"老荷兰"一点不好用。真是这样吗？我是肯定不会用"老荷兰"的，也就不好奇了。不过，我还是很羡慕收到礼物的美好时刻。但我不希望收到"老荷兰"，能收到一整套管状

"M.格拉汉姆"我就心满意足，并且绝不会挑剔它有鱼腥味，我会让自己想象那是好闻的来自海洋的气息。

画材还包括种类繁多的小配件，比如说好用的留白液啊，能出好看水花的盐啊，需要花很多时间去尝试和挑选。正因如此，那位画友分享时才说这是一份"有毒的"推荐。但是，爱上水彩，这份"毒"真是令人甘之如饴。

我想说，这是一种轻盈的"中毒"，它的"毒性"和导致的愉悦搭配得刚刚好，让人很享受它。

品味南京

2009 年的秋天，我离开了生活多年的江南小城来到南京。

在此之前，有好几年，我像一只候鸟，每个周五下午在沪宁高速公路上开一百二十公里，到南京过一个悠闲的周末，周一早上离开。一来二去，我对南京逐渐熟悉，并且产生了依恋，最后，我选择留在了这里。

对于大多数苏南人而言，南京或许不是个好选择。大多数苏南人更喜欢上海，对南京有少许不屑。在他们眼里，南京虽是江苏省省府，却更多地散发一股安徽的气息，或者，更多地有苏北的味道，远不如上海有时尚感，也不如苏、锡、常富裕。确实，南京人特有的"大萝卜"气质与苏南一向推崇的精致相去甚远，具江淮官话特征的南京话也跟温香软玉的吴侬软语完全不是一个腔调。钟情南京的苏南人可能真的不多。

但是，南京是个能于不动声色中让人留恋的城市。先不说这座城市深厚的人文底蕴，也不说这座城市秀丽的山水，仅说它特有的那种宠辱不惊的从容气质，就能让生活一天天有滋有味地生长。这里，辉煌和悲壮一样多，它们不动声色地蛰伏在山川河流间、大街小巷里，造就独属六朝古都的质感。与北京相比，南京是温和的；与上海相比，南京是厚重的；与广州相比，南京是清淡的；与西安相比，南京是清丽的。然而，用南京人的眼看南京，南京是复杂暧昧的，是难以言说的，是欲语还休的，沧桑、隐忍或华丽、富贵等等，这些词都难以概括南京。正如南京已故画家朱新建所说，南京是中国的中国。某种意义上，南京是最具中国气质的城市，这一点，它当之无愧。

在南京的确可以过得很中国。夏季的高温并非人们爱说的话题，盐水鸭子也不是市民餐桌上的家常菜色。这些都退居末位的末位。作为一个谈不上一线的城市，房价挺一线的。实际上，无论高温还是高房价，不影响生活在南京的人们过悠闲自在的日子。人们也抱怨空气脏，美食危机四伏，但吃起小龙虾来依然狂热到停不下。据说，南京人吃出的小龙虾壳早就能又堆出一座紫金山了。南京人过得有点满不在乎。与大多苏南城市相比，这里装腔作势和势利劲儿都要少一些，对外地人也开放、包容得多。无论富人、穷人，能过什么样的日子，就各自开开心心地过什么样的日子。不过，日常生活之外，表面的粗枝大叶之下，南京人的生活里有一些值得玩味的东西挥之不去，你可以称它们为"金陵雅韵"，也可以说是"历史遗痕"。事实是，只要在这座城市的梧桐树下慢慢地走几条街，一种它特有的灰绿色的苍茫感就扑面而来了，不知不觉，你就走进了古老中国的记忆之中、血脉之中。

在南京生活得越久，这种记忆就越侵入我的血液。杏花春雨时节，鸡鸣寺前那条小路上的樱花的花讯最令人牵挂。夏日浓荫渐深，玄武湖中的荷花是要一探再探的。到了深秋，自然要去栖霞看一看红叶是否已醉满山头。冬雪一停，梅花山的万株梅花就化为一缕清香在心头缭绕了。而日常，比较吸引我的是书店，先锋书店是必去的。先锋书店如今是南京的文化名片了。在南京，文艺土壤是时光给予的礼物，一代代风流人物曾在此成长、生活和留下故事，深滋厚养，使它散发别样的光芒。

作为最美、最文艺的书店，先锋书店在这里生根发芽，长至枝繁叶茂。文艺青年们在冬夜里走向先锋书店那温暖的灯光，读一读书，喝一杯咖啡，听一场讲座，再走回凛冽的寒风中，胸中重新蓄了热血，他们带着这热没入城市的各个角落，好在第二天迎战生活的种种困顿。在先锋书店，相似的灵魂相遇，互相取暖，彼此安慰，不论它们来自何方。

如今，我在离开南京的时候竟然也有乡愁了，只要时间久一点，我就会想念这座长满梧桐的古城，想念这里的人。

南京的特色或许就在于它是一座能让人沉静下来的城市吧。

青衫琴会

有一年春天，古琴表演艺术家王老师发起青衫琴会第一期，我们应邀前往，分享这场音韵盛宴。

那时，王老师的琴堂还在汉中门大街附近。大约晚上七点多，我们便到了那里。一个简单的小套房，被王老师布置得十分古雅。墙上挂满细竹帘，竹帘上悬着字画，琴置于案，箫悬于墙。衣带似的秦淮河在窗下静静流淌。

我们到时，套房里已有不少人，有南艺的学生，也有古琴爱好者。大家围坐房中，气氛温馨、愉悦。王老师先普及了一下古琴的基础知识，接着，凝神静气，以一曲大家熟悉的《沧海一声笑》开了场。古琴的琴音是非常独特的。这种空灵、逍遥的琴音用以抒怀，绝对是再合适不过的选择。《沧海一声笑》词潇洒，意狂放。从第一声"咚"响起，听者便都屏气静息，逐渐沉浸在酣畅淋漓的旋律之中。一曲终了，王老师兀自闭目悬腕，余音全无，才睁开双眼，朝大家微笑。都说古琴最能显露人的品质，这春风荡漾的夜晚的琴音和抚琴人的微笑都温润如玉。

接着，王老师又弹奏了《春晓吟》《山水情》《映山红》《醉渔唱晚》等。每首曲子，王老师都先做简单介绍，然后全情投入地表演。《春晓吟》最早见于明代的《西麓堂琴统》，在王老师的手指下，它表现得恬静柔美，有盎然春意，仿佛绿叶在雨水的润泽下静静生长。含蓄、苍劲的《山水情》则传达道家师法自然、与世无争及禅宗明心见性的哲思。《醉渔唱晚》，王老师介绍说，据《西麓堂琴统》题解，陆龟蒙与皮日休泛舟松江，遇渔父醉歌，受到启发，遂作此曲。我更愿把醉歌的渔父想象成张志和，因为此曲题解中说："西塞山前，桃花流水，其兴致恐不相上下也。"出于对张志和及西塞山的关注，我对这首曲尤其听得认真。我发现琴声中散音，也就是空弦与泛音、实音、滑音交相穿插表现放声高歌和摇橹声的部分，特别精致动听。

琴会的压轴也是高潮为《广陵散》。当时的我还从未听过真正的古琴《广陵散》，那日终于有幸聆听了全曲，真是件太幸福的事。

至此，王老师表演完了曲单上全部曲子，然而，高潮之后犹有高潮——自由交流和即兴表演。大家先是热烈讨论起古琴的流派和现状，说着说着，就有人开始点曲，甚至表示想听琴箫合奏，全场都兴奋起来。于是王老师与学生合作表演了琴箫合奏《卧龙吟》。箫声穿透力十足，在寂静的夜里，击穿了大家的心房。传说《卧龙吟》是诸葛亮设空城计时弹的一首曲，幽咽惆怅，动人心弦。

夜已深，大家仍兴味盎然，居然陆续还有人来。有学生在大家鼓励下登台一展身手。而我几乎是上了一整堂的古典音乐课，从《广陵散》到《高山流水》，从《平沙落雁》到《梅花三弄》，从《酒狂》到《关山月》……演奏者奏出了兴致，聆听者听至沉醉。正是鸟栖帘静，月照青衫，悠悠琴声，怡然风流。

也许，这就是我梦里的那个南京，不愿醒的金陵春梦。

看夕阳慢慢落下长江

南京是座很缠绵的城市。

这座城市多水，秦淮河、玄武湖，还有长江，都是它的名片。秦淮河、玄武湖说不尽的曼妙，长江却是无限的雄浑。千百年来，滔滔长江水见证着这座城市的沧桑浮沉，也与这座城市一起跌宕、变迁。

刚来南京时，不知为什么，我以为江边是离市区很远的地方。结果有一次开车从龙江过去，才一会儿就看到渡江胜利纪念碑，然后就是中山码头，再然后就是长江了，这才发现长江几乎就在市区。那时我感觉，南京市似乎并没有意识到长江的意义，至少在文化开发方面，因为跟上海的黄浦江比，南京的长江岸边是一片杂乱的景象。时间长了之后，我的想法有所改变，反觉这样挺好，存着点野生况味，灰扑扑的，映着江水苍茫，别有滋味。

然而，餐饮业毕竟嗅觉敏感，总能早一步捕捉到商机。江边的码头上常年泊着的游轮，其实都已是酒家、餐馆了。傍晚时分，当一轮美艳的夕阳在波光粼粼的江面上缓缓下落，微凉的江风轻拂你的脸庞和发梢，面前的桌上摆着江鲜烹制的佳肴，这个夜晚是不是诗意且舒畅？

我很喜欢这样的夜晚，第一次去就喜欢上了。好几次友人聚餐我都推荐在江边船上，只为重温那美妙的夜晚。

每次我建议大家一起去看看夕阳下的长江，大家虽笑我太追求浪漫，其实内心也都是向往的。有一次，傍晚时分大家到了江边，恰逢夕阳投下一大片金色，贴着岸边，各式船只在光影里错落有致地摇荡，大家都不禁感叹此景难得一见。确实，这是跟白天，跟城市中心不同的另一个南京，我觉得它更接近我想象中的南京。

吃到一半，正是高潮，欢声笑语中，我招呼大家说，快看看窗外。舱外，天色已变成宝石般的暗蓝，水天相接处则是一线绚丽的玫红。又过不多时，江面上渐渐升腾起一片水汽，星星点点的灯火渐次亮起。对岸的草木和建筑仿佛很近，又好像很远。而夕阳正在缓缓沉入江水之中。再过一会儿，月亮便露出脸来了，并渐渐清晰。真是良辰美景。

不过，每次得见此景，我并不渴望时间就此停下，因为我知道，这样美好的夜晚，以后还有很多很多，只要守住一颗安宁的心。

南京不会辜负类似这种小愿望。这里的山水草木、街巷房屋，甚至匆匆而过的人，总在不断给你惊喜和感叹。这是座说不尽的城市。正因如此，我很愿意在这座城市里度过每一天，能看夕阳慢慢落下长江的每一晚。

反复无常的春天

漫长的冬天只剩下一点点恶狠狠的冷了。这两天的天气，阴冷到骨头里。好在今天太阳出来了。春天总算要正式地来了。

很多年前，我天真地以为节气开始有"春"，有与春相关的字眼儿，像是立春、雨水、惊蛰、春分等，春天就到了，阳光该明媚起来，花该渐次开放。但我总被反复无常的寒冷击倒，就好像认为爱情是甜蜜的，但屡次被爱情里突然出现的痛苦击倒一样，感到失望，陷入彷徨。

有几年，我对久久不去的春寒特别不耐烦，焦躁地盼望春和日暖，陌上花开，好与友人相携出游。

年岁渐长，对春天的善变也就谙熟了。不回暖到一定程度，冬衣不敢收藏，与此同时，对姗姗来迟的春天也越来越有耐心，对阴魂不散的寒冷也不再耿耿于怀。

如此，反倒觉得日子好过起来，并且安下心来：不管天冷天热，到了季节，那些花是一定要开的。纵然中间或被雨打风吹去，热闹的花事终会到来。春日看花，那可是这个季节最大的乐事，能让人真正感受到活着的乐趣。

只是今年似乎没激情去看花。

忙忙碌碌，不经意间一抬头，才发现梅花早已开了，都快谢了。古林公园也好，梅花山也好，哪怕是路边的梅枝，我竟然都没用心看过一眼。

然后是玉兰。等我注意到，它已经在走下坡路了，花形和色彩都呈现出衰败景象，让人不忍多看。

我想起红叶李的时候，红叶李已然怒放，好看是好看，那让人无比爱怜的少女姿态已无从寻觅，那刚刚露出花苞的如珠似玉的美好，被错过了！好像与一段甜美的成长失之交臂，我十分自责。生活的烦乱到底把心变得粗糙了。

再然后，完全猝不及防，听人说起鸡鸣寺的樱花也盛放了，一点点期待感都没有留给我。这些樱花骄矜得很呢，哪一年不是让人久久等待啊。在那棵消息树还一点动静都没有的时候，全城爱花人的心都急得快要爆炸了，天天等，天天盼，广播电台、朋友圈密集跟踪报道。可今年，这些樱花竟然就这样没心没肺地来了！

四季轮回，春天怎么会挡得住呢？很快，热情的夏天就要到了。

我在想，如果来得及，樱花还是要去看一看的，功课能补还是要补上。又想，梨花、桃花和海棠，她们都已在路上了吧？可不能再错过了。毕竟还是早春，余下的花事还有机会赶上。

不要辜负任何一个春天，哪怕它反复无常。

朋友的兰花开了

　　快下班的时候接到朋友的信息，说他的兰花开了，邀请我们去赏兰。

　　朋友家中，在暗红色花梨木花架上，他说的那盆兰花舒展着条条碧绿的长袖，长袖中间泻玉吐珠，正是那点点的素白的花蕾。那盆兰花就如月下淡妆美人一般迎接我们到来。隐约有一缕暗香在浮动，摄人心魄。我们一齐屏住了呼吸。

　　国人爱兰，总把她远远地与一些俗花艳草隔开。孔子赞她说："芝兰生于深林，不以无人而不芳；君子修道立德，不谓穷困而改节"。屈原则说："扈江离与辟芷兮，纫秋兰以为佩。"郑板桥诗云："东风昨夜入山来，吹得芳兰处处开。唯有竹为君子伴，更无众卉许同栽。"兰就是高洁沉静的君子，就是秀丽典雅的淑女。"兰心蕙质""兰薰桂馥"，都是用来形容人的极美极好的词。女子的卧房称"兰闺"，美人"吐气如兰"，葱白的"兰花指"微微一翘，魂魄能被勾去三分。二人同心，拜了把子，叫"义结金兰"。
"兰台"是宫廷藏书处，"兰章"用来称赞他人的诗文，书信则称
"兰讯"。总之，任何高雅之事，总有兰的身影。

　　单子叶植物兰，多年生常绿草本植物。全世界兰约七百多属，
两万余种。蕙也是兰，但不等同兰，而是广义上的兰之一种：一
茎一花为兰；一茎数花为蕙，即蕙兰。关于兰的记载，我国两千
多年前即有。南宋时赵时庚于1233年完成的《金漳兰谱》是世界
上最早的兰花专著，可惜我从未在哪家书店里见过。兰的画谱倒
是数不胜数，我买过多册，可惜我的兰画得不好，也许是没有兰
心蕙质。

　　南京清凉山公园曾连续多年举办大型兰展，去那里看兰展也
曾是我每年春天一个保留节目。清凉山的兰展，展厅里陈列诸多
珍稀品种，公园的交易市场则摆满接地气的大盆小盆，价格从几
十到成百到上千都有。人们各取所需，带一两株回家，配个紫砂
花盆，架上一放，房间顿时雅致起来。

　　我的这位朋友比一般人更爱兰花。他早些年的爱兰壮举是每
到早春时节便驱车赶往浙江兰亭周围的山野，雇山农为他上山挖
兰，报酬论斤，最早是一元一斤，山农们能帮他挖成千上万斤，
他则在里面细细挑选，总能得些珍奇品种。那些年这是他的春游
保留节目，也不知这几年他是否还保留。那时我们总是一时兴起
就到他的兰园去饱眼福，当他分株时，我们死皮赖脸讨些新株回
去。不过，我们往往养几天就给他送回去，怕养不好，糟蹋了
"空谷仙人"。

　　后来，兰花的市场价格一路攀升。记得2006年4月在南京

玄武湖首届"中国蕙兰博览会"上，一株"梅瓣"蕙兰开出了二十五万的天价。其实，当时叫价几百万的品种已在国际市场上出现。据兰花专家介绍，名品兰花能卖出天价，一是因为稀缺，二是因为无法组织培养，且越是极品苗数越少。另外，兰花香气独特，人们也还没生产出兰花香型的香水——不知现在是否已有突破？在爱兰人的心里，兰花香可是王者之香。

也许兰花才该是花中之王。她比牡丹更高洁，能在山野深谷里悄然生长，能在料峭春寒中吐露芬芳。

朋友的兰花静静地开着，她的气息在室内流淌，我们的灵魂似乎也得到了净化，内心一片安宁。

红叶李

上班路上看见一片红叶李挤在一处围墙边，暗褐色的细长枝条低矮地伸着，沉默而低调。人们从它们身边经过，很少会看它们一眼，几乎忘了它们也是会开花的树。

有一年早春，春风初暖，这片红叶李就已含苞。星星点点的淡粉色小花苞衬着嫩绿的新叶芽，像欢快的春天的音符一般跳跃着。刚好，它们后面的围墙一片灰白，于是就成了一幅点线面错落有致的绝佳的画。暗褐色树枝线条优美；淡淡的一点点的微粉和嫩绿，自然而随性，有跳跃感；灰白墙面是必要的留白，早春的诗意就这样跃然眼前。我暗暗惊叹：喧闹嘈杂的路边，竟有如此自然之美在不动声色地上演，生活里真是处处有惊喜。

那几天我就格外留意起这片红叶李来。刚开始，我完全不知道这是什么树，还以为是不入流的野杏树。等到它羞怯地绽开小花苞，变出一朵朵娇柔的粉白小花，展现出极为细致的美时，我才急忙上网去查。原来，这种树叫"红叶李"。

红叶李初开时惊人的典雅秀丽。小小的花五朵细小的花瓣，花形简洁，花色轻盈。它的粉是粉面少女那种白皙的粉。花蕊细嫩小巧，颜色是粉白和暗褐之间的那种胭红，这使得整朵花的色彩过渡非常自然。这种惹人怜爱的邻家小妹般的小花，一朵朵嵌在暗褐色的细长枝条上，花朵娇俏，枝条则如涩笔枯墨画出，别有韵味。

然而，这样的美是短暂的，就像山野女子留给旅人那惊鸿一瞥的美。她们很快跌入时光的深处，丢失了青春的轻灵，日复一日地滑向苍老，证明着岁月的无情、生活的艰辛。

花苞微绽仅限几天，花朵很快会全部开放，随后，叶片迅速长大，且一日日变深、变暗。那时再远看，先前的韵致全失：白花花的一片花，混在闹哄哄、暗沉沉的一片枝叶中。如果不停下脚步细细打量，你根本不会发现它有精致的花朵。此时的红叶李已显得毫无章法，个性全失。等到花期过去，一夜风雨，花瓣零落成泥，红叶李就彻底成了不起眼的树，人们不再看它们，也忘了它们曾在春光里认真开过花。

又是一年春来到，红叶李又已含苞。它的美稍纵即逝，但只要你愿意停下来，看一看它，它会献给你它这一季全部的美丽。

不要辜负春光里每一朵花！

玉兰，玉兰

　　玄武湖菱洲一座桥边有两棵高大的玉兰，每年花期，满树的花朵绚烂如雪。不管有多忙，日子过成什么样，只要玉兰花期到了，我们总是要去看一看这两棵树。如果在月夜里去看，站在这两棵盛放的玉兰下，月光映着满树的花，就好像是一个梦。

　　盛放玉兰的美，有时会让人感到心碎。玉兰开花是拼了命的，以至于一不小心就会开过头，而一旦过了头，所有的悲哀就都来了：花形散乱，花色衰败。正因如此，张爱玲说玉兰花开得贱，盛放过后便是邋遢相。刻薄是真刻薄，入骨也是真入骨。李渔则颇怜惜玉兰，他在《闲情偶寄》里说，虽然人世间没有玉树，但玉兰是可以被当成玉树来想象和看待的。他盛赞它的美，认为玉兰花开是一场盛事。他惋惜玉兰花比一般的花更怕雨淋，只要一点小雨，满树的花就会全都变色，给人破败之感，让人觉得有花比无花还要乏味。他提醒大家，玉兰花一开就赶紧去观赏，能看一天是一天，能赏一时是一时。对于玉兰之美的转瞬即逝，李渔怨怪老天爷，说是老天爷与玉兰花有仇，故意与它作对。真正是爱怜得很。

玉兰常入画。这得益于玉兰花的颜色美，要么皎洁，要么胭红，更得益于它的花形清丽动人。一朵玉兰花就可以构成一幅画，缠绵婉转的几朵或者数枝画在一幅里，则是别样的滋味，都美。人们喜爱玉兰，那么多器物装点着玉兰或取形于玉兰、那么多女子以玉兰为名即是明证。可以说，玉兰已经超越花卉，成为我们俗世生活和精神生活的一部分了，在这一点上，它与梅兰竹菊比肩。

要我说，如果玉兰真有什么可遗憾的，就在于它的盛大。花朵过于硕大了，那么大的花瓣很容易开着开着就不温婉了，可以说有一点傻。再有就是那样满树盛放着，那样浓烈、热闹的美，只能是短暂的，世事不都如此吗？其实，若真老天宠爱，让它常开不败，我们会受不了的。可能正因如此，玉兰鲜少成片，总是在庭院的一角或是桥头、路边有那么一棵或者几棵，在早春里制造惊艳。

这么一想，惆怅了：就算只是一棵树、一朵花，要美得恰到好处，也很难。

鸡鸣寺的樱花开了

鸡鸣寺通往玄武湖解放门的那条路，是南京城里最著名的樱花道，每年樱花盛放时节，化作绚丽灿烂的樱花河，美到极致。

春日来临，全南京的爱花人便开始牵挂这里了。广播电台、网络、微信朋友圈，都在等待鸡鸣寺的樱讯。据说，这里有两棵樱花树是"消息树"，因为它俩每年都领头开放，它俩一开，樱花季便算到来，从那时起，人们开始赶来赏樱，没有错过这场花事，才算没有辜负这个春天。

樱花盛开，树上团团锦簇，如云如霞，梦境一般。然而，这盛大热烈的美十分短暂，只要一场风吹过，樱花花瓣就会纷纷飘落，樱花树便寂寥了。极尽华美之际，一个转身，便零落化尘，这短暂之美令人心生无限惆怅和哀伤。说是哀伤，其实也不全是悲伤，更近于一种深深的感动吧。

日本作家写樱花，我最喜欢川端康成的那些文字，那是东方空寂之美的典范表达。如果你爱看樱花，最好去读一读他的《故都》和《雪国》。尤其在《故都》里，对京都平安神宫的樱花有深情、细致的描写，读来令人动容。

我觉得写樱花写得好的另一位日本作家是渡边淳一。在他的《失乐园》里，女主人公凛子身穿带有梅花图案的和服出现时，男主人公久木评价说："樱花当然美丽，但是太过奢华，咄咄逼人。比较起来，还是梅花娴雅温柔，让人喜爱。"他还说，樱花含有流于人情的脆弱感，而梅花则清雅闲寂、充满张力，能够传递出其人的真情实态。读过这本小说的人都知道，男女主人公——一个有妇之夫和一个有夫之妇相爱，又不希望最终他们只是沦为生活中平常的伴侣，因而选择在爱的极致中一起死去。渡边淳一的这个故事，其实跟日本人的爱樱美学是相吻合的。

我们中国人爱樱花爱得相对朴素，就是爱它的热烈奔放，也很好。近几年，赏樱成为南京人平凡生活里的一桩乐事，不仅爱在阳光下欣赏樱花的灿烂，更兴起月夜访樱的潮流。有一年，《东方文化周刊》还搞了一期春日专刊，就以夜间探花为主题，倒也别具一格。

此刻，鸡鸣寺的樱花刚刚开放，在风雨到来之前，赶紧去看吧。鸡鸣古寺的殿影塔影，明城墙的斑驳沧桑，玄武湖的碧波烟柳，将灿烂樱花拥在怀中，这一番美景怎能辜负?!

黄玫瑰

晚上，决定画一幅黄玫瑰。

光从右上角打下来，黄玫瑰插在瓶中，每一朵都迎光盛开。亮面呈现出透明的柠檬黄，高光部分是耀眼的白；暗面则从中黄过渡到杏黄；最深的花心部分是橘黄，阴影深处是橄榄绿。背景由墨绿而水蓝，投影灰绿中带一层淡淡的紫。

色彩流动着，抵达它们各自的最佳位置。事实上，在完成的画中，不仅有看得见的色彩，一些细微的色彩在绘制的过程中已经隐入画中，成为氛围的一部分，不用心看，是看不出来的。

黄玫瑰在夜晚的灯光下尤其明艳动人。那天去花市，一进门，就陷入了鲜花的海洋，阵阵花香让我的心跳都加快了。而我却一秒钟都没有犹豫就选了一大束黄玫瑰。这个初夏，也不知道为什么，我突然偏爱起黄色系的花朵，或许因为它们有着初夏阳光一般的明媚，也可能是因为它们像青春的少女一样娇嫩。我更倾向于后者。

想起亦舒的《玫瑰的故事》,主人公人如其名,就是一朵黄玫瑰。她的美惊心动魄,几乎是灾难级的,影响乃至改变了不少男人的人生道路。她到底有没有在爱情里获得幸福呢?黄玫瑰一生都美,除了美,还是美。

花里面,玫瑰其实是有点俗的,尤其是常见的红玫瑰。我觉得用玻璃纸包的红玫瑰到了惨不忍睹的程度。曾经还流行蓝色妖姬,包括玫瑰在内的不少花喷上蓝颜料,撒上银粉,我觉得一点不美,只是可怖。当然,错不在颜色。但我还是觉得,很多颜色都不适合玫瑰,除了黄色。黄色保留了玫瑰的美,却挣脱了它的俗气,真正做到了清丽脱俗。张爱玲写了《红玫瑰与白玫瑰》,要我说,白玫瑰自然也美,但它的美里到底隐喻成分更多些。白色之于玫瑰的花形尴尬了些,白玫瑰不知该显得更热烈还是更冰清玉洁,因而就虚假起来。素白还是跟茉莉、栀子等小巧的花更配,哪怕梅花也好,而梅花其实还是绿色最好。

又想起大学宿舍,六个女孩都来自江南,六个女孩各有特色,就像是颜色各异的同一种花。有一天突发奇想,我们命名宿舍为"玫瑰小屋",每个人都要为自己选一种颜色。很快就选好了:红、黄、蓝、白、黑、紫,没有重叠。大家对我选的蓝色提出质疑,说不存在真正的蓝玫瑰,让我改。我不肯。年轻的我坚信自己热爱蓝色,并且暗暗觉得,不存在的蓝玫瑰将更加令人向往。没想到今天的我反感蓝色妖姬,连带着对蓝色也不太喜欢了。

当时与我很要好的王选了黄色,后来我发现她果真钟情黄色,还买过一件柠檬黄的风衣。杨是诗人,也是我们的班长,我记得她在宿舍夜谈时说热爱痛苦的感觉，痛苦带来灵感，使诗歌更迷人，她好像选的黑色。立选了白色吗？还是徐选了白色？记不清了。但她俩应该一红一白。宿舍当年的红玫瑰和白玫瑰，我居然分辨不清了。霍应该是紫色，她沉默，让人捉摸不透，神秘的紫很适合她。没有多久，玫瑰们匆匆分手，各自奔赴人生下一站，她们身上最终定格的颜色，要用生活去印证了。

　　我把黄玫瑰移到床头柜上，每晚枕着幽幽的花香入眠，每个早晨在它的注视下醒来。

　　属于我的初夏的黄玫瑰是如此完美，此时此刻，一如永恒。

茉莉和栀子

初夏是茉莉和栀子的季节。

这两种花，一小朵一小朵的，洁白芬芳，最像一尘不染的青春。而初夏在一年四季中，也处于青春的位置，是草木繁盛、青翠的季节。茉莉和栀子，就是盛放在青春里的青春，最令人不舍。

可能正因如此，它俩总是作为青春的象征出现在文艺作品中。

电影《栀子花开》的主题曲婉转动听，青春气息呼之欲出："栀子花开呀开，栀子花开呀开，像晶莹的浪花盛开在我的心海。栀子花开呀开，栀子花开呀开，是淡淡的青春、纯纯的爱……"旋律带着些忧伤。忧伤也是青春特有的，因为青春是那样柔嫩易折。

刘若英的歌《后来》用栀子花隐喻青春："栀子花，白花瓣，落在我蓝色百褶裙上。爱你。你轻声说。我低下头，闻见一阵芬芳……"

写青春的疼痛，很少有比《后来》更透彻的。十七岁仲夏的夜晚，那样的年华，那样的爱意，正像洁白的栀子花，在翠叶间恣意散发甜美花香，不顾一切，哪怕会让彼此受伤。

栀子花是激烈的，花香浓，叶片绿得夺目。同为洁白的小花，栀子比茉莉率性、泼辣。

茉莉温婉、内敛。像是爱过，也因此痛过，有点怕受伤，茉莉花静静地开放着，花香隐隐约约的，带点难以捉摸，多点耐人寻味。

再也没有比茉莉更适合插在鬓间的花了：乌发白花，暗香缭绕，一时让人难以分辨是发香还是花香。难怪李渔要在《闲情偶寄》里问："茉莉一花，单为助妆而设，其天生以媚妇人者乎？"若想为一个女子增添韵致，就为她簪上一两朵茉莉吧。

茉莉和栀子，都是我们江南的花。

作为江南女子，我最爱这两种花——香而不艳，清丽动人，正是江南风情。

江南女作家喜欢写这两种花。比如张爱玲在《茉莉香片》开篇写道："我给您沏的这一壶茉莉香片，也许是太苦了一点。我将要说给您听的一段香港传奇，恐怕也是一样的苦——香港是一个华美的但是悲哀的城。"

安妮宝贝早年的小说有点阴郁，但她一写到栀子，就转作甜蜜，栀子花成为那些冷寂故事里的亮色。她有一篇小说写男子夜访女孩，捧了一把芬芳洁白的栀子。他们把花插在装满水的铁皮桶里。一夜缠绵。第二天男子离去后，女孩瞥见铁皮水桶里的栀子花已经微微泛黄。栀子花激烈而短暂的美，令人惆怅。

还是茉莉吧，尽管同样洁白，但还是茉莉吧。

茉莉茉莉，劝君莫离。

茉莉能用花香抱着你，更久一点，就像他停留得更久一点。

此时此刻，茉莉和栀子正在集市里等着你，下班路上，或是假日清晨，去把它们带回家吧。把它们置于案边或床边，让它们静静地吐香，直至芬芳盈室，将你包围。

出　梅

早上看朋友圈被惊到：出梅了！

也有朋友像我一样惊讶，说这样就出梅了？没错，今年的梅雨季很是潦草，没下几场令人过瘾的大雨，让人厌烦、让人忧郁的小雨反复造访，迫不及待地，炎夏就来了。

这样也好，反正很多人都烦梅雨季，这下省心了，天天都是大太阳。

可天天都是大太阳也有点可怕啊。我想，一个人如果连大自然的多变都无法忍受，不去享受，该活得多么无趣啊！

四季贵在分明，岁月美在变化。正如罗素的名言：参差多态乃幸福的本源。

梅雨季虚晃一枪，好在夏天的雨该来还是会来。

午后，一场大雨不期而至。雨点猛烈敲打窗棂的声音之于我，仿佛天籁之音，也像是热情邀约："来，快来，来加入大自然的狂欢吧！"雨越大，邀约就越热烈，好像歌舞已起，就等贵宾入场。即使你烦恼缠身，这一刻也该吐一口气，到窗前去看雨吧。备不住心情就好转了呢。

我更喜欢暗夜里的大雨。首先，那时大多数人都已安然地躺或睡在舒适的床上，大雨带来的不便已降至最低。其次，暗夜里的大雨常常宛如梦境，可以让不睡的你尽情想象。我会想象那是天上的君王带着他的队伍去迎接久别的爱人，而我是旁观盛典的人群中的一个。

当然，暗夜里的大雨再美妙，也最好能在凌晨停息。天光大亮，碧空如洗，空气清新，人们会感激这场雨。

不过，也有不少人既抱怨梅雨季，也抱怨大太阳。这样的人大多是现实的，对于他们，利益是最要紧的。他们目的明确，手段直接，往往能成为这个社会中的成功人士。

可惜我不会喜欢连一场大雨都不能欣赏的人。对我而言，春夏秋冬，风雨晴和，都是一个人活着的有力证明，生而为人，就该去欢喜，去悲伤，去淋漓地爱一场……

出梅啦，盛夏到来，暴烈的骄阳和滂沱的大雨，我用掌声欢迎你们！

姗姗来迟的夏天

周末的夜里大雨，早上起来，有寒意，须加衣。

可这都已是五月的末梢了，花一拨又一拨地开过，春天都快走远了，夏天却仍迟迟不来。时间似乎突然停顿，四季的交响乐出现了一个休止符。夏天到哪儿去了？此刻万物屏息凝神，等待指挥棒落下来，带来后面排山倒海的音符。

热烈的夏天是四季的一个高潮。这是一个亮晶晶的季节，阳光热辣，草木葱茏，白昼伸着腰，尽力把自己拉长。束缚松脱、褪去，人们袒露出更多的身体，万物也吐露更多的秘密。比如说，春天里热烈地开过花的枝条上开始有了鼓胀，果实现出来，由小而大，一天天成长，直至长成令人馋涎欲滴的模样。用结果提醒你这棵树上曾经开过哪样花朵。

春天是夏天的来处，鲜花是果实的来处，而你或者我是谁的果，又将种下怎样的因？

　　我在想，夏天姗姗来迟，是故作神秘还是遇见了什么难处？

　　在似是而非的停顿里，天空也不知所措，只好一场又一场地下雨。一场接一场的雨像是催促，也像是祈祷，催促或祈祷季节之神的脚步动起来。

　　只是，雨是怎么催促或祈祷的呢？它在说什么？我们不得而知。凡人不被允许知晓天机。凡人从混沌中来，到苍茫里去。也许，花开后未必结果？也许，春夏秋冬也可以不次第轮回？也许，前此种种皆是偶然？

　　不知道答案，不也是一种美妙吗？盼望着，不也是一种幸福吗？

　　雨也好，骄阳也好，还有那凉凉的秋风、沁人心脾的飘雪，让它们都成为人生惊喜的礼物吧。

盛夏的雨

午夜时分，下起了大雨。

漆黑的天幕上，闪电张牙舞爪。响雷惊心动魄，贴着楼顶滚滚而过。窗外几棵高大的花树被风吹得不住起伏摇摆。白天它们还骄傲地展示着夏花编织的华冠，现在一定狼狈了吧。

雨水疯狂地撞击着大地。雨声汹涌澎湃，淹没了其他一切声响。就像舞台切换到下一幕，刚才还活跃着的虫吟、蛙鸣、蝉噪，还有野猫的呜咽、倦鸟的呢喃、婴儿的哭泣、路上的脚步声、楼上人家的电视声，都被翻转到了背面，没了踪影。

只有淋漓的雨声。雨从四面八方扑来，扑在瓦楞上，扑在水泥墙上，扑在玻璃窗上，扑在床上未眠之人的心上。如同天地间起了战争，又好似大自然在狂欢。当雨声在耳边化为一种单一到极点的喧哗时，心竟向寂静沉下去，慢慢地，什么都听不见了。

雨夜无眠，我常常幻想在大雨中的爱情。那该是多么壮观啊。

整个世界为他们奏乐欢呼。大雨冲走了他们的羞怯，冲走了他们的顾虑。也许他们本不敢爱、不会爱、不能爱，可淋漓的大雨给了他们力量，他们在雨中奔跑，然后躲到屋檐下，或者大树下，或者山洞中，紧紧地拥抱，缠绵地亲吻，彼此温暖着。

雨越大，他们越燃烧。

雨水滋润万物，也滋养着人类似的情愫和爱。

春天的雨淅淅沥沥，撩拨着心，让人意乱情迷。

秋天的雨阴郁、凄凉，是离人的泪，让人感到孤独，从心底生出悲凉。

冬天的雨寒冷彻骨，带着一种粉碎希望的力量，让你不得不咬紧牙关承受着，忍耐着。

盛夏的暴雨则如敢爱敢恨的女人，率性坦荡。她潇潇洒洒，想来就来，想走就走。她无比自由，尽情地挥洒着自己。

盛夏的雨，是涤荡身心的奇迹。

雨水和郊野

周末傍晚，闷热的天空终于落下雨来。我和朋友们相约出城。

穿过拥堵的高架道，车水马龙渐渐消失，窗外是葱茏的绿树和玉带一般的长河。天地明显舒展，大片野草和野花在细雨中迎风摇曳，蔬菜瓜果躲在绿荫深处，静默生长。江南初夏的郊野湿润而蓬勃，风光迷人。

来郊野度周末前，我在网上看到四川的几个品牌策划了活动"山谷里的夏天"：山谷里摆出餐桌，餐桌上是品牌各自的好菜、好酒、好茶。活动参加者在花草间试穿新款衣裙，拿起画笔写生。到了晚上，还拉起银幕，放露天电影。星星出来，营火点燃，与之辉映，乐队开始演出。人们大声唱歌，尽情欢笑，开怀畅谈直至深夜。这几乎就是我理想的生活！

没有参加那样的活动，在南京郊野度周末也很不错。现代人反而更懂得、更珍惜山林之美，愿意在大自然中度过悠闲时光。

　　我们入住的农场很大，人很少。稻田刚刚收割完毕，露出一垄一垄的土黄。隔着稻田能看见秀丽的树，从任何角度看去，此情此景都像是米勒的油画《拾穗者》。这是记忆中残存着的江南田野风光。塘中小荷初长，桃树、梨树结了青果，葡萄架垂下一小串一小串的珠玉。

　　菜园里有人在劳作。一畦一畦蔬菜青翠欲滴，青椒挨着苋菜，再过去是卷心菜、空心菜。四季豆、西红柿、黄瓜攀在架上。意外的是西瓜、甜瓜也不在地上匍匐，全都在架子上挂着，果实大大小小，错落有致，仿佛已在散发甜香。而这一切，都以密密的玉米秆为背景。席间吃到的瓜果，应该就摘自这里的菜园，接近我童年吃过的瓜果的味道。

　　郊野能让我们回到过去，人们用"回归"来描述这样的郊野之行，只因这是来时路。

　　想起老舍的小说《不成问题的问题》里的树华农场。老舍写得好，梅峰导演也拍得好。前几年梅峰导演带了电影主创人员到南艺电影馆来做活动，我是在活动上看的这部影片，很受震动。我又想，很多像树华农场一般美丽的地方，可能没能保留到今天。美很脆弱，问题却很顽固，很多时候是没有办法的事。

　　过去几十年，人们离开土地，离开郊野，挤进城市。现在，人们又热衷于做反向运动。没过去多久嘛，到底还是想念土地、想念郊野的气息了。疲累之后，回归郊野，吸一吸湿润的空气，洗一洗心里的灰尘，哪怕只有几天也好。

　　我的眼前，雨水使原野更加润泽了，呈现更为静谧的绿。我的心也润泽了，舒展开来。

　　雨水中的郊野，宛若梦乡。

桂花香

不知不觉中，桂花香就来到身边了。

小区里沿着路栽有很多桂花树，有金桂，有银桂。每年这个时节，馥郁的桂花香就缭绕起来了。

从树下过，低着头想事，一缕暗香突然就像一只手把我拉住了。转身一看，身边有几棵小小的桂花树，密密地点缀了白的黄的小米粒似的花。难以相信，这么小的花竟能散发出这么浓郁的花香来。小时候，我好像一直没闻过桂花香。我通过诗词歌曲知道桂花，在文学描写里感受桂花香。对于桂花香飘十里这种说法，我总觉得不真实。什么时候闻到了桂花香，我也记不清了，只记得当时那种大彻大悟的感觉。桂花香太会抓人了，甜蜜蜜的，但又一点不腻，像完美的爱情。我熟悉桂花香，则是搬到这个小区后的事。也不知为什么，这一两年不仅小区里的桂花树多了，整座城市的桂花树也多了。今年据说早桂、迟桂同开，上下班的路上，好像在桂花香的海洋中浮沉，多了很多情趣。

眼下，赏桂正当时。我所知道的赏桂佳地是杭州的满觉陇。那里的桂花景观称为"满陇桂雨"。两百多亩土地上，栽着几千株桂花树，有金桂、银桂、丹桂等。金桂居多，但据说那里的丹桂最有特色。我一直分不清金桂和银桂香哪个更香，我也细细闻过，好像区别不大。至于丹桂，在这座城市里很少见，我也不知香味到底如何。

赏桂上午最佳。温度得在 20℃左右，高了或低了桂花都不好好开。花蕾绽开，四片花瓣展开成辐射状的一刹那，香气就飘散开来。若此时阳光和煦，香气会更浓烈。

朋友们开始相约赏桂了。其实我的心早就动了，一直在琢磨该去哪里。但是又怕挤。赏花观景这种事，人太多了就没有心情了。那就还不如上下班途中不期而遇来得妙。

我不由深深妒忌古人。一样的风物，不一样的心绪。这是现代人的一个痛处。桂花闲落后庭，月圆之夜三五好友泛舟湖上，那样的机缘在哪里？有那踏雪寻梅，那把酒当歌，那采莲南塘秋，那人约黄昏后，那推窗共话桑麻，那闲敲棋子落灯花，都还能有吗？

沁人心脾的桂花香，是否能年年依旧？

等到秋天再开花

　　几场雨之后，桂花落了，院中一地金黄。浓郁的桂花香变薄、变淡，直至消失得无影无踪。大约一周，盛大热烈的花事就归于平淡，桂花树重回朴实无华，安静地等待冬天的到来。

　　桂花如熟女，秋天开十分合宜。春天的花园里，桃花艳梨花白，杏花闹李花俏，全是小姑娘的娇媚。桂花花小色淡，即使金桂、丹桂，也不过略黄一些，美得低调。就像由少女而熟女，外表不再夺目，内敛、含蓄中，魅力一点点渗出来。这就是桂花，香气似浓又淡，浓时醇厚，淡时婉转，回味无穷，妙不可言。

　　有一个秋天的下午，我在异国街头，地铁站出口处的小食摊前。我看到一名亚裔女子独自坐在简陋的木桌子前，慢悠悠地吃着喝着。她面前摆了几样食物和一杯酒。街道清冷，行人寥落，她看起来有点落寞，但却从容。她三十多岁，或许接近四十，皮肤暗且粗糙，但五官十分清秀。她长发微卷，随风飘动，披一件风衣，风衣下一双秀气的高跟鞋。她仰着脸向我们微笑。上岁数的摊主听不懂英语，我们便问她食物好不好吃，是不是当地特色。她用极流利的英文为我们介绍，示意我们可以配一点点酒。我们赶紧摇手。她非常妩媚地笑起来，端起酒杯喝了一大口。

我疑心这女子是在这里疗情伤的。她笑容温暖，眼睛里却有深深的孤独，然而，这种孤独又似乎被妥帖地放好了，呈现与秋日极为和谐的安宁。

渐渐喜欢看秋日桂花般的女子。她们有底蕴，耐看。承受过的生活的枪林弹雨，甚至破碎与毁灭，这些都被她们接受了，消化了，尽量隐藏了。她们的心因而能够容纳更多，得意也好，失意也罢，都被化成滋养，丰富了人生。

这是时光给予的财富。

何其有幸，我认识这样的女子。她们有的性格内向、沉默、害羞，有的摔过很多跟斗，遭过各种苦楚。换了旁的女子，常常觉得人生就这样了，找份差事，嫁人生子，不再敢把爱好当理想，把爱情当信仰。她们则不发牢骚，不做争辩，只默默地努力，一日一日地坚持。终于有一天，爱写字的女子、爱画画的女子开了个展，爱生活的女子回到乡野，做起自己的品牌……穿过暗无天日和兵荒马乱的日子，到了中年，她们终于都找到了真正的自我，获得了真正的自由。并没有多幸运，不靠奇迹或所谓贵人，不过是坚持，不过是执着，不过是踏踏实实。

桂花一般的女子，花期在秋天。到了人生这个季节，心态逐渐安稳，命运为我把控，再看花开花落皆为等闲，四季皆美，只须从容对待并保持一丝喜悦。

　　桂花季将过，秋色依然无边。找到属于自己的那缕香，天地
自然广阔。

小 食

早上上班，行到虹桥时，遭遇漫长的红灯。瞥见路边一家新开张的糕点店，想起几年都没有踏进过糕点店了，就进去看了看。

面包、蛋糕、桃酥、苔条、绿豆糕……各式糕点琳琅满目。我小时候爱京果，外婆爱桃酥。京果在我家乡叫雪杠。这种常见的江南小食，炸得酥酥的，外面裹一层乳白糖霜。那时候，随便哪家的雪杠都好吃，香甜酥脆，我吃起来就没完。雪杠被我遗忘了好多年，再想起来，买了尝尝，却不是那个味儿了。

有些味道是老的好，工艺再怎么先进也弥补不了。怪不得今日商家喜欢强调"古法制作"。

古法，那就是慢工出细活。当年的小食好吃，与制作它的人的细致有关，按照工序来，不躁不烦。也与制作它的人的良心有关，用料地道，自然该有的滋味都有。还有就是与吃它的人的心态有关。当年小食种类少，钱更少，吃的时候很用心，自然美味加倍。那样的时代过去了，想重现老滋味也就难了。

现在的雪杠大多很硬，不酥也不脆，尽失曼妙，且香不是香，甜也不是甜，十分寡淡，仿佛小食中的木乃伊。

失望过很多次后，终于有一次，买到了接近童年滋味的雪杠。我还记得是在河西一家商场的摊位上买的。入口后，依稀旧日的酥脆，依稀旧日的甜香，糖霜乳白，也依稀旧日模样。一瞬间，我差点掉下泪来。我一下买了好几袋。能吃几次是几次，万一这摊位没了，就再难遇了啊。

我在新开张的糕点店里选了几样买下。聊胜于无吧。心里竟然有了点喜悦。

小食也是乡愁。有人说，我们可以通过食物读懂这个星球。我却想借着这些小食重返童年。

食物包括各种小食值得社会学研究。例如，人们是如何在小食上寄托对生活的希望的。这一定会有非常丰富的个案，也一定非常生动、有趣。又例如，今天的商家是如何借助文化创意来推广过去时代的小食的。这一定会令人脑洞大开。

而我，作为一个耽于享乐的人，只希望随时随地能吃到与旧日滋味相仿的小食，随时随地捡拾些美丽或哀愁的回忆，就已经满足。

妙 人

早上醒来不起，躺在床上看朋友圈。看到一位女友分享她与另一位女友的聚餐。

照片中，另一位女友随意地坐着，光洁的脸上是温和的微笑，看着镜头的眼神沉静。她就像一股清流。我不禁感叹：看着可真让人舒服。

我认识她很多年了，关系不近不远。我以前感到困惑：论颜值、才情和背景，她并不过人之处，为什么她那么受欢迎呢？从不怎么注意到心生好奇，再到默默关注，我竟对她多了很多好感。这是自然而然发生的。我发现，她与人相交，有自己的章法、节奏。和多数人相比，她的热情点到即止，她的锋芒隐而不露。你能感觉到她的存在，又不太能感觉到她的存在。她拿捏得如此之好，会让你觉得她这人有点奇妙。

其实，她也是有一点势利的。她会选择性地为她认为有能量的人献上热情和掌声，轮到其他人，她不动声色的时候多。但你不会去计较她，因为她做起来一点不张扬。其实，她也是有一点清高的。她轻易不表现得与谁过于接近，对其他人，她却也不会让他们觉得她冷若冰霜。假如有人做出了低级行为，其他人很可能忍不住，对此给出负面评价。她却能不置一词，离得远远的。倘若某些事与她有关，问到她，她也是敷衍了事。

然而，若有人真触犯到她的利益或戳中她的痛点，她的反击却很有力。她绝不会虚张声势，但她还是会用温和的态度，带着笑意，做出坚决的反击。她偶尔显出风趣幽默的一面，跟大家一起开怀大笑，甚至极偶尔地，表现得很无厘头。那时大家会感到惊喜：原来她也能这么亲切、这么好玩。

谁会不喜欢这样的人呢？

有件事很能证明她的魅力：大家同时认识，一来二去，人家就会高看她，有意靠近她。

聪明人都能快速判断每个人身上蕴藏的能量。这很现实，也很合理。至于深层次的交往，能灵魂共鸣的那种，鲁钝如我，也知可遇而不可求。到底有多少人最终跟她成了知己，没人知道。

不可否认，我的这位女友是个妙人。就像此刻，我看着手机屏幕上的她，竟然觉得她治愈了我。

白裙子

　　早上上班的时候，单位门口站了个穿白裙子的姑娘，是后勤的女孩在帮保安给我们测体温。

　　平时她们都穿职业制服，今天穿了条飞扬的白裙子，看上去就有点不一样。穿上白裙子的后勤姑娘好像轻盈了许多，亭亭玉立，像清晨刚开的一朵栀子花一样动人，令我忍不住多看了几眼。

　　她似乎也知道了这个秘密，嘴角含着一点羞涩的笑意，动作也更轻柔了，测体温的手随着白裙子微微摆动，仿佛在默默地和我们说节日快乐！

　　白裙子似乎是青春少女的象征，带来了校园时光的气息。多少青葱的女孩子都在这样的初夏里穿过白裙子，穿着它在教室里嬉笑奔跑，也穿着它在校门外花树下静静等待。

　　白裙子见证了女孩子们的快乐和忧伤，陪伴她们成长，直到有一天她们穿上职业的西装和短裙，进入到生命的另一个阶段。

渐渐地，她们可能很少会再穿上少女时的白裙子。假如有一天忽然想起，再穿起来，或许也是不经意间想重温往日时光，脸上也会不自觉地浮现出当年那样的笑意，身体也一样会轻盈许多。

今天是儿童节，大家都很乐意互致节日快乐。即使我们早就远离了童年，越过了青春，但童心还在，青春的情怀也并没有离去。而所有的孩子也都会长大，经历白衣飘飘的年代，慢慢成熟，老去。

生命就是如此轮回，时光就是如此漫延，前行和回首时，我们会记得有一条白裙子，在初夏早晨的光影里明媚动人，随风飞扬。

祝所有老儿童、大儿童、小儿童节日快乐！

情　谊

　　中午收到安妮给我寄来的一纸箱多肉。她看到我朋友圈分享的窗台上的多肉，觉得我会喜欢，逛微店时看了好看就买来送我。实际上她自己并不养植物也并没有给自己买。

　　花了一个中午，办公室的姑娘们帮我一起分盆种好，有水培有土栽，阳台上热热闹闹一片，让人倍感温暖和美好。人海茫茫，常常觉得是孤身前行，但总还有一些人在不远处真诚地想着你，陪着你，发自内心对你好。有时候就会忍不住热泪盈眶。

　　生活中这样被温暖被关爱的时刻很多都来自于朋友。经常收到一些闺密送的小礼物，卢妈隔三岔五给我送亲手制作的吐司、面包和草莓酱，有一次熬了一大瓶好喝的百香果柠檬茶也急急地开车送到我单位给我分享。亚在青岛，离我那么远，好几个冬天都给我寄海参，去年冬天还一定要给我寄鹅绒被，被我反复推掉后又给我寄来一大盒自己做的阿胶膏，收到时里面还塞满了她从美国带回来觉得好吃的糖果。

姐姐们更是经常分享美食、美服，她们手巧，给我送的都是外面很难吃到的好吃的手工水饺，奶油超正的雪媚娘，或是榴梿酥，有时候还给我送昂贵的画材。常州的闺密们看到我想念家乡的重阳糕，也是第二天就寄过来一大盒。韩有一年还给我买好看可爱的棉袜，一模一样的一人一双。

当然，收到最多的可能还是书，朋友们自己写的书、编的书，我还有个好友给我寄过成套成套的书，对我而言，那简直是最珍贵的礼物。安妮就不用说了，用得好的护眼仪、按摩器都一一分享给我。出国玩，我用习惯的化妆品、好看的饰物都不辞辛苦带回来送我，过年过节还给我送花，女性之间的友谊，常常让我深深感动。

情谊是这个时代最珍贵的滋养，只有在良善和暖的亲密关系中，我们才能活得温情而柔软。

现代生活中，人们的力量，温暖和归属感来自于哪里？当然一般都是来自于亲人、爱人和朋友。运气好的人还来自于工作和同事。然而过日子，最终还是要回到亲人、爱人和朋友中间。亲人爱人处得好，那是温馨的港湾，疲惫时最后的靠山，受伤时最想回的家，这当然是极为幸福和幸运的。

但也有很多人是不幸的，所谓亲情最后只剩皮毛，所谓亲人未必能真正理解你、在意你，有时候甚至只是应付你、消费你，最终你感受到的只是虚伪和伤害。这种可悲的状况在电视剧和文艺作品中太多了，现实生活中也不少，到最后要么无法选择，要么伤筋动骨。

有人说得好，人和人必须要共处的亲密关系到最后也需要一点互相忍耐，比如说夫妻、同事、合作伙伴，哪怕最无私去爱的父母子女，很多时候如果学不会忍耐，就存在崩盘危险。还是朋友相对来说要轻松一些，合得来就走近一点，合不来就离远一点，千万不要为难自己强求对方，顺其自然地相处。所以人们常常说，一个好友如果一起走过 10 年，还没有走散，那就应该请进生命里，成为亲人。

是啊，好朋友一旦成为亲人，高级一点美好一点的自然是彼此理解，互相欣赏，惺惺相惜，一路相伴扶持。普通一点、朴实一点的就是真心相待，实心实意付出，我知道你的长处和缺点，你了解我的得意和失意，没有虚情假意，没有猜测妒忌，更没有道德绑架和利益算计。大家你来我往，互相包容陪伴，一起笑一起哭，风风雨雨共同渡过。

当然这样的友情是可遇而不可求的，很多时候遇到了也可能不懂珍惜。更多时候，塑料姐妹花友情大行其道，有多少人付出了真心而没有被背叛和愚弄过呢？有一段时间我也曾极度怀疑友情，不是没有过捧着一颗真心而去，摔个鼻青脸肿而归的可悲经历。我甚至为此嘲笑自己竟然还总是对友谊抱有极大的乐观和热忱，好在大浪淘沙，老友们如珍珠留存，依然让我觉得真正的友情如此珍贵，其他都当体验生活，其实也很好。

窗台上的多肉一盆挨着一盆，亲亲密密的样子可爱又治愈，多肉也是很多盆放在一起才更加好看呀。在我们有限的人生中，如果遇到了可以相依偎的好朋友，请好好相依相伴，让彼此滋润和温暖此后的路程。

谢谢你，好朋友，愿我们的友谊天长地久！

闲 章

　　想刻两个闲章，用来把玩，也可以在画上盖印。

　　喜欢各式各样的文玩雅物，几乎是写字画画人的通病吧，这些东西在生活中无用，于心灵却实在受用。静坐时刻，拿起一方印章、一把小壶，或是一块石头、一串珠子，饶有兴趣地细细把玩，实在是一种慰藉。

　　我有一些闲章，有一年在北京，闲来去逛潘家园。那次买了很多明清小品印制册页，又顺手在一家印章店买了一把闲章，都非常便宜。

　　那是好多年前了，寿山石似乎还很便宜，那种小印章都是边角料，顺着形随意刻的，更加便宜，大都是几元十几元一个，散放在门口大盆里，随便挑。有的是字，有的是画，都极为简单。或许都是极小的散石，真是上不了机模，刻章人凭心情随手一刻，马马虎虎间也有点真趣。

我买的那一把章中，有一个扁扁长长的，印面是个狭窄的椭圆，正好阴刻了一条修长的小鱼。另一个矮墩墩、不规则，阳刻了"逍遥游"三个字。买回后也一直没放心上，"小鱼"因为一直放在书桌文玩小托盘里，现在还时时能见。"逍遥游"回来后塞在哪个抽屉了，现在已不知去向，什么时候还得去再刻一个。

2004 年的时候发表第一篇小说，我给里面的女主人公安排了这样一个情节。在快要失去生命之前，刻了一对印章送给男主人公作为告别礼物，也是阴阳文配对，文字都是"刺猬"，是他们之间的爱称。后来对这个情节喜欢，觉得有意思，我还真试着找人去刻了一对这样的印章，在常州刘海粟美术馆旁边，找的人似乎还是个小有名气的篆刻艺术家。可能交流不够充分，也可能是我很难让他理解小说中人物的情感，没能感同身受生发出艺术灵感，最终刻出来的效果实在是不如我意。我想要灵动，想要"刺猬"两个字，有那种既想靠近又无法靠近的矛盾和缠绵，要有微微生疼的爱意和暖意。

现在想起来，实在是太为难人家了，这样的要求也许只能自己上手。我那时也确实买过一些刻章工具，一整套大大小小十多把精致的刻刀，小巧的木制印床，还有一些砂纸、磨盘、印泥。当然还精心挑选了石头，都是几元、几十元的寿山石。看中一对几百元的，当时是贵的，放在精品盒子里，墨绿色的，并不是田黄那种，犹豫再三也买了。现在回溯记忆，想起那家工艺美术商品店，当时还是常州城的一家老店，开在南大街上，有一定的历史沉淀，是我喜欢一再去光顾的地方。只是我似乎试着学刻了一次，很不成功，正好姨夫习书画，爱篆刻，就把这套篆刻工具全部送给了他。

　　大学时，我们美术系是有一些男生爱刻章的。我们班男生中被称为"三哥"的何毕业前热衷于刻章。他给女朋友的毕业礼物似乎也是她的芳名章，而且不止一个，不止一种。然而毕业后还是分开了，爱情随风而去，而当时这些带有爱意的印章应该留下来了吧，那些一刀一画的印痕，也应该还残留着男生当时手心的温度吧。

　　写到这里，我不由得又想起和印章有关的名人爱情故事。当年徐悲鸿爱上孙多慈，暑假时追随孙小姐到安庆，爱情终未有结果，然而徐悲鸿还是做了一件艺术家风格浓郁的事，他以两个人的名字为题，刻了一个"大慈大悲"印章送给孙。大慈大悲，这样的爱情真是一言难尽。可惜不知在哪儿还可见到这枚章。

　　那年去安庆，在皖江公园看到篆刻名家邓石如的印谱长墙，正是阳春三月，皖江公园湖面开阔，两岸桃红柳绿，风景怡人，想起徐悲鸿、孙多慈两个人也曾流连于此地，就胡乱猜测徐悲鸿会不会就是在这里献上了那枚"大慈大悲"印章。岁月流转，风流终被雨打风吹去，后人听听故事，要是能再看看故事里的信物，也算是能感受一下历史的气息。这信物，如果是金石印章，似乎比金银珠宝、手帕书信更为诗意妥帖。

　　今天我还是找人谈好了再刻两枚闲章，先刻"流水尘埃"，再刻"静听水声"，一个白地红文，一个红地白文，一个方印，一个圆印。发来小样，四边死实，我赶紧交代，一定要破边。闲章边栏的残破之美，通常能消除凌厉火气，使一枚章更温润，也更有遐想空间。

　　我们需要闲章，并不是想要四平八稳的签名章。

摆　摊

几乎是一夜之间，朋友圈、微信群里都在喊要去摆地摊。

有人笑谈准备去卖书，读书人家里书多成灾，这会儿凑个热闹去摆摊。大家揶揄说，书是多，关键哪本舍得拿出去卖？到时候看看这本有批注，那本有故事，哪一本也摆不到地摊上。就算整理出一批多余书，卖完没了，只能暂时玩个票，非长久生计。有人插话说，卖得完？惹得众人只能哈哈大笑。

有人决定去卖文章，比如写公文写情书，众人高呼可行，这事儿多少人头疼，有市场需要。又有人嘲笑说，书生真是百无一用，摆地摊的旧浪重新打过来，除了书和文章，咱们这前浪也没啥可卖的。

有人推荐我去卖画，这倒是有点靠谱。事实上，我们画室里的姑娘们，有文艺市集时早就去摆过摊位了。不过画还真没卖出去几幅。那次市集上，一男顾客号称家里新房装修，看中她们两幅画，很适合很喜欢很想买，愿出多少钱？两百块！两幅！一个南京艺术学院、一个南师大科班出身的准艺术家，直接愣在那儿：大哥，这画材都不止这个钱呢。何况人家画得真不赖！

后来我们想，不怪人家，市集摊位嘛，就应该价廉物美，不是说要有人间烟火气吗？咱这些高大上的，书啊文章啊画啊，该去哪儿去哪儿，合适的，才是最好的嘛。不过说实话，有些非常值得赏玩、可以打卡的文艺市集正在一些城市悄悄兴起，那样的市集又美又风雅，偏向诗情画意，那个时候或许书画会有一席之地，当然也只能是小品类，皇皇大作还是得去大雅之堂。

于是众人又分析道，摆摊啊，最能火的还得是卖吃的，疫情期间练的那些美食手艺可以拿出来遛遛了。对呀，面包蛋糕、馄饨煎饺。大家一讨论觉得还是不对，这些东西自己家做的时候都用上好食材，成本太高，又太易饱，可能远远不如烤生蚝烤羊肉串来得火、来得旺。有道理。任何时候，面向人民大众，只有大众化才有市场，才有生机活力。如果真想去摆摊，就得做到从人民中来，到人民中去，和人民打成一片。就像某企业这次及时推出地摊车，宣称人民需要什么，就造什么。网上看图片，那车还真挺炫酷，两翼打开就能开市卖货，引来好评如潮。据说股价都涨了，这几天都形成了一类地摊概念股，红红火火的，这真是魔幻又带喜感。

在这样的热潮当中，必然是会有公知出来各种评价，有人写文章说，赞美地摊是残忍的，很快这文章就被删了。其实这话也不全对，地摊只是一种形式，它本身呈现多面性，有人从中看到市井风情，有人从中看到人间冷暖，这都是地摊后面的故事。就像人们赞美土地，赞美农民辛勤劳作，并不等于就是赞美这背后的艰辛和不易。万事万物多样，生活更是复杂难言。地摊经济呼啸而来，热闹背后必然也将是种种现象跟随而至。生活是不会真正停止的，它总是会按自己的节奏向前，我们只能浮沉其中，遇到一些好玩的事，就凑个热闹。那些努力而幸运的人，正好遇到风口，飞行一程，供众人仰望，也是人生。

　　不用赞美也不用讽刺地摊，我只希望，有一天我们能在地摊上获得欢乐、得到享受那就够了。如果有一天我的画也能真的去摆个摊，并且确实也能卖个和平时一样合理的价，那就更好了，期待那一天呀！

少年心

　　我小时候算是一个天真的人，对外面的世界充满好奇心。不知道从什么时候开始，我对这个世界越来越充满怀疑，对新事物懒于接受，并且还总是莫名其妙地保持着警惕，以至于错过了很多乐趣，甚至机会。

　　比如说，很多年前，网络时代刚刚到来，大家开始热衷于上网看新闻、聊天、发帖，人们谓之冲浪。那真是一段新鲜的浪花四射的生活，也是网络文学风生水起的时刻，一大批网络作家、写手、大牛风起云涌。我也是在那个时候开始写作的，但我的稿子大多还是老老实实投到了报纸杂志，等待着漫长的编发录用，很多时候也见证了传统媒体的拖沓、搪塞。按理说，网络出现是许多文学青年的福音，只要你有写作的才华，相对于传统报纸杂志，文字见天日的机会是要多得多的。然而我很少主动在网上发文章，或许是因为已经在报刊上正式地发表过了一些文字，内心里竟也觉得网上发的不太入流。就是这种盲目和自以为是，使我一边在纸媒的边上兜兜转转，一边又与网络刻意地保持着距离，不但没有搭上网络文学异军突起的顺风车，反而和日渐衰落的纸媒一样，渐渐地随波逐流，越写越少，离文学梦越来越远。

常有人说，性格就是命运，这无疑是有道理的。

人有时候需要跟上时代的拐点，就像一滴水要尽快汇入大海，才能与相同的伙伴一起奔赴远方。这就需要一种主动积极的姿态，而这种主动积极，往往是来自于你内心真正的好奇和渴望，才会引领着自己不断往前去尝试，去努力，终于有一天，乘风而去。

事实上，有时候人没有好奇心，不愿意接受新事物，很大程度上是因为懒，比如我就是。QQ 刚出现的时候，我当时因为习惯了一个简便甚至简陋的聊天工具，好像叫泡泡，死活不愿意用 QQ，各种推脱不乐意，直到强大的小企鹅终于把这些没有发展的即时通信工具全部粉碎，只好亦步亦趋投入 QQ 的怀抱，慢慢地才发现，发送材料图片的确是要更加专业方便。

同样，当微信开始时，很多朋友一再建议我使用微信，我依然是百般不愿意，总觉得 QQ 用起来又方便又好使，干吗非要换用微信呢？直到微信席卷而来，有一天会议上，我的同事帮我注册了微信，我才茫茫然地开始了微信生涯，一用微信深似海，虽然朋友圈是封闭的，但微信的强大和深远在这几年依然是不可阻挡，在某种程度上甚至改变了很多人的生活，丰富多彩，无限可能。虽然种种副作用必然存在，但这是任何一种先进必然带来的代价。

没有一种新事物是完美无缺的，如果因为对阴影的不接受而去否定阳光，这种故步自封，受损的只会是自己。就像刘瑜在《哗众取宠主义》里说到的一样："如果说自由是一枚硬币的话，你不可能只得到它的一面去退还它的另一面。精神的自由是一片阳光雨露，它可以养育出玫瑰，也可以养育出罂粟。如果为了给文化'消毒'而消灭'精神的自由'，也就是为了消灭罂粟而消灭阳光雨露，那么玫瑰也必将不保。"

这段话同样适用新事物的到来。

伴随着微信到来的最有意思的新事物，让广大写作者发出一片欢呼的，应该是微信公众号的出现。

相比于博客时代的自由发表个人文章，微信公众号更进一步，它给你原创保护，让你保持你的内容质量的同时，保护你的知识价值，并让它接受读者打赏，让你的知识或者你的个人魅力直接变现。这真是一个巨大的转变。在某种程度上，这使写读双方都保有最大的尊严，你提供我良好的阅读体验，我提供你诚意和认可。这是多么公平公正又充满温情礼仪的文明行为！然而，像我这样习惯性疏懒、不善于学习新事物的人，在微信公众号刚开始普及的时候，依然是没有接受朋友建议，尽快开设一个公众号。那个时候，一个新的公众号的设立操作简便，空间大，受众也容易得到，如果保证质量，相对也容易生存。应该说，两年前，甚至一年前，是做好一个公众号的黄金时期。现在当然不是不能做好，只要内容好，有价值，会推广，机会依然存在，只是难度大大提高。因为大几千万个人公众号排山倒海而来，其中良莠不齐，五花八门，粉丝们日渐阅读疲倦，掉粉、阅读量减少是常态。微信公众号的宣传语是：再小的个体，也是一个品牌。这是一个激励人的美好梦想，远，但自有人够得到，这样的人，通常做得又快又好，因为不但有才华，还更加努力。而这样的人，通常也是时代的弄潮儿，能跟得上新时代的节拍，那种跟着新事物奔跑的姿态，总是显得年轻而有活力。

或许是渐渐意识到自己的问题，我逐渐开始关心新兴事物，尤其是自己能参与进去的，都愿意去尝试一下。比如开公众号，虽然做得并不多么好，但至少也算是积极参与了。再比如最近刚刚风行的分答，虽然才开始半个多月，虽然周围也有种种疑惑，我也第一时间去开通体验了。只有实践才知其中真滋味，也才有发言权，不是吗？

而能体验到一个社会里最新到来的事物的感觉，或许也是保持活力的一种良好途径。对于新事物故步自封，总是挑剔种种不足的，或许也是一种不够开放包容的心态，并不能因此获得成长。

请保持对这个世界的好奇心，愿你永远年轻！

紫　色

　　这些天是稍稍有点奇怪的日子：早上雨，寒冷；午间晴，立马有点闷热；夜晚又是雨，转而又寒冷。天气如此魅惑，令人有一点头昏脑涨。

　　但是，那又怎样，这个四月还算是一段不错的好时节。一下雨就仿佛让人走进戴望舒的雨巷，一出太阳就又进入灿烂盛世。一切都按部就班，到了晚上要么去画画，要么就安静地坐下来写文章，我觉得这就是幸福。

　　或许这算是和生活的握手言和，天气或许有一点冷，或许有一点热，只要愿意宽容它们，就可以把它们调和为温暖。

　　这多么像色彩中的紫色啊，前几天看到文汇笔会有个叫柳青的作者也写到紫色。这个人说紫色是象征"跨越"的颜色："它同时具有红色的激情和蓝色的宁静，这是世间一切矛盾握手言和后的颜色。"

　　说得真是太好了，调和了冷色的蓝和暖色的红的紫色，的确是复杂的，也是宽广的，能在两种截然对立的色系中自由游走，实在是一种变化多端的灵动，也不可避免地传递出了一种突破了界限的妖的气息，人们称之为神秘感。

　　对我来说，紫色一直不算是很喜欢的颜色。虽然紫色那么特别，那么多文艺作品喜欢拿这个颜色做文章。似乎女主人公一穿紫色的衣裙就突然不一般了，也就是有了神秘感，容易引起他人的探索，故事也会浪漫婉转，并且结局总会凄凉哀怨一些。

　　实际上，我的直觉是大多数女子穿紫色并不好看，要是没有那种高瘦白的文艺气质的话，紫色会被穿得特别土，衬得皮肤黄，显得人灰败，还有点俗气。但一旦一个女子又瘦又高，皮肤白皙且全身仙气，穿紫色真是又飘逸又空灵，确实好看极了。紫色是个小众色，有个性，有味道，真正与众不同。

　　朋友要帮我代购一个包，让我选颜色。开始我想要个洋红的，配黑大衣、白衬衫、藏青色风衣，都不错。下单的一瞬间我又突然改成那种一片迷茫的紫色，就是心里一动，感觉还是要紫色吧。紫色同样可以配那些衣服，并且不那么鲜艳夺目，却似乎更加耐看，仿佛同样一只包，韵味却不一样了。我当时忍不住还问了一下朋友，到底红色好还是紫色好呢？她说，你拿紫色吧，配你，而且，今年流行紫色哦。

　　哦，对！今年的流行色终于轮到紫色，色彩届的权威机构潘通选出了 2018 年度色——紫色。他们认为这是一个不太"安全"，但充满创造力和新鲜感，极富神秘感的色彩。据说这紫色并非是我们常规理解的那种蓝色和红色相调和出来的紫色，而是真正纯粹的、具有深邃穿透力的紫色。时尚界很霸气地称它为"紫外光"。

想想看，这是一种什么样的感觉？在西方的语境里，"紫外光"被认为是象征着宇宙的颜色。这是庸常的尘土生活里的一道光，这道光从天际射来，长驱直入，不容分说，照向平常生活里未知的方向，照亮尚未有人涉足的道路。

这几乎就是现在这个暮春夜晚的感觉，在眨着无数星光的夜空下，所谓春风沉醉的晚上，冲破来路和去处的界限，显得无穷无尽，也仿佛一切皆有可能，那是超越了普通人既有认知力和想象力的另一个世界，那应该就是一个和当下一切矛盾握手言和的世界。

也许，那个世界就是紫色的。

清 夏

　　时节已至小满，夏渐成势，天气越发暑热，风物明媚艳丽，瓜果上市，衣衫轻俏，方便人们在夏天做一些活泼快乐的事，比如去海边冲浪，去山野里露营，在浓密的树荫下茶聚畅谈，或者在凉爽的晚风中轻轻呼唤一个人的名字。无可否认，这是一个可以放肆自由的季节。

　　现在觉得一年四季都是好时光，晴也好，雨也好，寒来暑往，人间大美，每一天都可以细细品味。空气中丝丝缕缕的甜蜜气息，相爱的人应该要更加幸福。不要吝啬内心的情意，去表达，去相见，去陪伴，去共度，和你的家人、爱人、友人，一切生命里值得珍惜的人，让日子柔软有趣一些，世界也就值得留恋一点。

　　近来安泰，诸事有序，有大量的时间独处，没有惊慌失措，仿佛跨过一座高高的山冈，有空坐在一块磐石上，平静地打量眼前景致。树木郁郁生长，有风吹过，摇曳生辉。《黄帝内经》说：

"恬淡虚无，真气从之，精神内守，病安从来"。行至中途，回首来路，眺望去程，偶尔低诵几句，不免也会心一笑。夏天来了，心火易盛，独处带来宝贵的修身养性时刻，这个体验在近来读的梅·萨藤的《独居日记》中找到极大共鸣。现代人，几乎人人都在希望有一天能在便利的郊野生活一段时间，每天读书写字画画，听唱片看影碟喝清茶，庭院花草繁盛，食物有着原始的美味，朋友偶尔来探望清淡，顺应着天光流转日出而作，日落而息，仿佛就是终极理想。很多年前，有个作家朋友和我谈过这个理想。当时听来怦然心动，现在已成一个念想。只是这个朋友多年江湖缠斗，终至恶疾上身，多年前已抱憾而终。

　　人在少年时多激烈，爱情也好，友情亲情也罢，世情人事，都恨不得天崩地裂，水花四溅。这也没错，年轻时痛快地哭过笑过也没有遗憾，只是时间会告诉我们答案。爱或者不爱，曾经坚定地认为是完全不同的人生，现在觉得也并无多大区别。好好活着，妥善安排好自己的身心，和他人无关。经历过疫情，大喜大悲更为透彻，世事缥缈难料，不如着眼当下，一日三餐是否可口，夜晚睡眠是否无忧。走路上下班，减少垃圾食物和多余社交，多多画画写作，争取有一天，灵魂和身体终于学会互相等待。

大　雪

还记得 2008 年那场大雪吗？在欢呼声中到来，一直下，一直下，渐渐让人烦恼，压过最初热烈的期盼和欢乐，终于，成为一场灾难。

为什么总是这样呢，再美好的事物，也不能太肆意。水满则溢，火尽则灭。没有哪朵花是永远开不败的，除非它是假的。任何事情都有尽头，当它开始的时候，就在走向结束。因此，越是华美越是盛大越是深情的东西，都暗暗潜藏着悲哀的引子，不经意间，就会一触即发。

那场大雪，开始时分外妖娆。现世的繁华和繁华背后的千疮百孔，一日日都暴露在日光之下，大雪之后，一切都隐藏起来，全世界顿时安静下来，进入一种静默的诗意。人们感慨，北京回到了北平，南京回到了金陵。然而安静和诗意也必须是短暂的，就像交响乐中一声休止之后，紧接着就需要更加恢宏瑰丽的乐章推向高潮。凡人世界的日子需要连绵不断地过下去，大家都要匆忙奔波，平常的烟火生活的合理性不容置疑。漫天的飞雪，即使让肮脏无趣的世界变得如此美丽，但种种不便还是会让人抱怨。并且，事实上所谓的美丽也很快就不再美丽，雪后的世界不用多久，就会变得更加肮脏，更加寒冷，更加麻烦。堆积在道路两旁的雪堆坚硬而丑陋，污水开始横流，阳光失去温度。而2008年的那场大雪，更是导致了交通大面积中断，社会生活混乱不堪，各个层面几欲失控，简直成了众矢之的，没有人再谈起一场雪到底有多美丽。

一切虚幻的、无用的事物，即使美，也只需要在无聊时偶尔装点，应该懂得适可而止。而真正的美，也正是因为难得，因为稀少，才成其为美，才被视为珍贵。而多了，也就成为平常，再多了，就成了灾难。譬如暴雪、洪水、狂风，不要说这些，就是一向被奉为温暖和光明的太阳多了，也成为大灾难，不惜一切代价，要被射落。

然而，七年之后的今日。人们再次在平常的生活里开始热烈期盼一场大雪。近来朋友圈里都在热传，南京将有一场认真而霸气的雪。大雪节气，雪花如约而来，这种天上人间的赴约此刻看来依然浪漫至极。当第一片雪花落下的时候，从朋友圈里仿佛能听到全城欢呼，好似平常日子再一次得到特别恩宠，需要过节一般庆祝。终究是美丽幻景，让人身不由己。

但愿这场雪，下得刚刚好！

尘
埃

从瓦尔登湖到西塞山

不得不承认，当下的中国正悄悄显露出一种归隐山林、退居田园的潜流。很多时尚杂志、畅销书不时地推出这类逃离城市、散淡乡野的生活故事，让挣扎在滚滚红尘的城中人向往不已。

物质和消费的不断繁荣刺激着当下荷包渐鼓的国人，膨胀过后，人们也遗憾地意识到物质生活的浅薄和匮乏，开始怀念曾经的简朴生活，向往一种与自然更接近的生活状态。这很像曾经的梭罗和他的瓦尔登湖，逐渐在热闹的世俗中承载这些重估与期待。

或许，这是人类社会一条不断反复的路。

最早的中文译本《瓦尔登湖》是由徐迟翻译、上海晨光出版公司在 1949 年 10 月出版的《华尔腾》，当时并没有引起国人关注。那正是新中国刚刚成立的欢腾时刻，人们热情洋溢，一切百废待兴，有谁会想去隐居？显然这样一本书是不合时宜的，那个时候读过此书的人，必然寥寥无几。直到 1982 年，徐迟在初版的基础上重新进行校译，由上海译文出版社重新出版，书名正式定为《瓦尔登湖》。这一校译本在此后十年左右的时间里，成为《瓦尔登湖》的中国唯一版本。

1989 年 3 月 26 日，二十五岁的诗人海子在山海关卧轨自杀。当时，海子身边带了四本书，其中就有一本是梭罗的《瓦尔登湖》。《瓦尔登湖》由此被更多人注意和阅读。海子在生前写过不少关于梭罗的文字，他曾说："梭罗对自己生命和存在本身表示极大的珍惜和关注，这就是我诗歌的理想……"

时代的浪潮很快奔涌而来，进入 20 世纪 90 年代后，经济社会和物质生活纷至沓来，现代化节奏对人与自然关系的破坏，人们的精神家园逐渐迷失，瓦尔登湖也渐渐越来越被追捧。在过多却常常失于浅薄的追捧中，《瓦尔登湖》仿佛形成了一种神话，于是争议出现了。《读书》杂志 1996 年第 5 期发表了程映红的《瓦尔登湖的神话》，作者引用梭罗的一些生平资料来说明，梭罗在瓦尔登湖畔的两年真正生活，"离他所宣称的隐居和简朴差得很远。实际上，他几乎每天都要到康科德镇上转悠，每天都要回到其父母家并常常满'载'而归"，"《瓦尔登湖》中对隐居生活的赞美和对世俗社会的抨击也给人以故作姿态和过甚其词之感"。

人们开始失望，也开始质疑所谓的隐居。究其原因，或许是朴素生活与隐逸情怀在"神话"中被过度消费了。《瓦尔登湖》本不是一本易读的书，连译者徐迟都说"本书十分精深，不是一般的读物。在白昼的繁忙生活中，我有时读它还读不进去……"它连续多年畅销和重版，本身并不正常。而且，不只梭罗与《瓦尔登湖》，近年来，朴素、极简、淡然甚至已经成了一种新的消费流行，一种被广泛复制的商品风格，在商业化的大潮中变成了它本身的反面。

这或许真是现如今国人的特色。

关于归隐，其实是中国人精神世界里一直以来的一种文化遗传。

在中国的历史长河中，对于功名权势、世俗利益的追逐和向往，或者说难以真正割舍的那种内心渴求，也许那些一直被我们推崇的大诗人们都无法真正释怀。而封建文化中有些所谓归隐的文人，有的是因为得不到，有的是因为得到太少，有的是因为要得到而以这种归隐的姿态来讨价还价，有的则一开始就是欲擒故纵，半推半就。

真正的隐者，在我有限的阅读感受里，或许只有那个消失在西塞山烟波里的张志和才算得上一个，甚至，同样消散在历史长河里的西塞山，也才算得上真正意义的隐者之地。

西塞山，是一座神秘而孤独的山。

一千多年前，它的桃花流水、斜风细雨，曾经携着一袭诗人的白袍飘然出尘而去。

翻遍故纸，张志和的诗现在能找到的仅九首。这个才华横溢的诗人，当他还是一个十六岁的少年时，他应该也是天真而热情的。出众的文采和才学，使他得以明经擢第，可谓前程似锦。偶然的事件是他父亲的猝亡，使他意识到原来生命是如此的飘忽。学者们都认为是他父亲的死，促使了这个二十多岁的青年从此远离功名，隐逸凡世。我也相信这是一个诱因，遥想那个悲伤的夜晚，从千里之外的长安风尘仆仆地往家奔丧之路上，定有一种灵光般的东西在他的血液里升起。生为何物？命似无常？别再在嘈杂的集市里浪费短暂的年华，投身到无尽的自然中去，西塞山，划着我的舴艋舟，让我从此在你的烟雨中，抱月而眠。

于是，这个曾叫张志和的少年开始自号"烟波钓徒"，以荷叶为衣，以果蔬为食，以树木为棚，以日月为灯，垂钓明月间，泊舟烟波里，与西塞山朝夕相依相伴，相融相生。

西塞山前白鹭飞，桃花流水鳜鱼肥。

青箬笠，绿蓑衣，斜风细雨不须归。

千古一阕。

诵完张志和的《渔歌子》，我们再来读梭罗的《瓦尔登湖》，不同的味道相比于国画和油画带来的不同体验应该是有过之而无不及的。相对于张志和来说，梭罗在瓦尔登湖畔的两年隐居生活，更像一个文明社会的学者对简朴生命的实践和证明。而张志和，他不需要实践和证明，他的一切已脱离这个尘世的束缚，他甚至不需要这个世界，这个世界的喧哗和争夺，早已被他鄙弃，他的青箬笠下，绿蓑衣里，舴艋舟上，西塞山中，早已自成一个超凡脱俗的世界。

这是一个真正获得了大自由的人。

红尘中的我们，无论是身处庙堂或江湖、旷野或集市，大时代下，我们未必找得到一个一转身就一劳永逸的世界。风搅长江浪搅风，鱼龙混杂一川中。普通人要为生计奔波，要为稻粱谋划，活着活着就感慨日子过得太忙太乱甚至太小了，于是读一读瓦尔登湖，读一读西塞山，还可以读一读桃花源。

在身不由己的生活里，阅读能给世人带来大隐于市的安宁和自由。书里那些宽袍明眸的智者，他们各自不同，却也殊途同归，他们的身影从来不曾真正远去。

或许此刻孤舟小，去无涯。但每每捧书在手，这小小一卷书香，足以成为我们手心里握着的那支烛火，带着我们的灵魂，穿过污浊和虚伪的横流，去自由地远游吧。

从瓦尔登湖到西塞山，这或许才是我们所需要的真正的简单，也是真正的自由。

一个人在路上

　　世界上每一个人都走在自己的路上，一条独一无二的路。这条路开始时一片虚无，它没有方向，所以到处都是它的方向。你第一步往东，它的方向就是东，你走着走着掉头往西，它就跟着你的足迹往西。你的每一个脚步踩出每一步路，每一步路又挨着你的脚步跌入虚无，你可以选择停留，也可以继续往前，但你再也无法回头走一步。这是一条一个人走的不归路。

　　我常常会回头看自己走过的路，看着看着就会后悔，有时是无比后悔。可再后悔也无法回头，我只能积极地设计今后的路。但生活总会赶着我的脚步闷头往前走，有时我不得不走在一条莫明其妙的路上，眼睁睁地看着自己想走的那条路就在身旁，却怎么也走不过去，如同隔着一条深深的沟壑，近在眼前，又远在天边。有时发现自己野心勃勃满头大汗奔走了千万里，停下来一看，其实依然走在刚出发的那一小段路上。我明白那一次次绊住我脚步前进的，总是我的懦弱、懒惰和无知。

因此，我总是不得不站在原地问自己：我是谁？我要去哪里？有时候面对这些问题，我一片茫然，如踩在云里雾里。生活难道真的总是在别处？那高高的云层顶上，是一片宽广无边的蓝天，阳光明亮，照得我的脸发出闪闪的光。光里包含着巨大的呼唤，它要我大步向前，要我快马加鞭，要我自由飞翔！

现在我重新出发，走在一条崭新的路上。我看到梦想就挂在不远处，偶尔也会看到天使飞过它的肩膀。我坚定地注视远方，不让自己迷失方向。我很清楚这条路遥远又漫长，艰辛又不一定通畅。我还是要一个人走在路上，不去管无依又无傍。

人生就是这样，不付出哪里有花香，又会有谁来给你蜜尝？我要离开熙熙攘攘的人群，一个人渡过那条江，我一直看着江对岸的那片向阳山坡上，草木繁盛，鲜花怒放。我在心里说，请给我力量，我将乘青鸟翱翔。

我很庆幸自己还有梦想，还能重新走在自己的路上。我听见我的灵魂在快乐地歌唱，我穿过黑夜，穿过浓雾，穿过潮湿的月光。我再也不要为了无聊人事而浪费时光，我要和内心的自己一起托起明天的太阳！

做一个幸福的人

想起海子的那首《面朝大海，春暖花开》，在无数个黑夜里，我曾经把它倒背如流。

从明天起，做一个幸福的人

喂马、劈柴，周游世界

从明天起，关心粮食和蔬菜

我有一所房子，面朝大海，春暖花开

"做一个幸福的人"，海子的这句话，即使只是一句脆弱无力的宣言，他也只敢说：从明天起。明天，就是以后，以后就表明了与现实的距离，也暗示了他认为这种尘世幸福的难以实现。可见要做一个幸福的人，在诗人的内心是多么苍凉无奈而渺茫。一个诗人，他的内心常常是痛苦的，从他明亮清澈的双眸里看到的世界，大多是不完美的，与他灵魂里追求和塑造的那个世界几乎是背道而驰的。喂马、劈柴、关心粮食和蔬菜的幸福，看似唾手可得，实则遥不可及。

我们安身于这个茫茫尘世，立命于这个纷繁的眼花缭乱的时代。新鲜的事物扑面而来，又转瞬即逝。世界如此拥挤，声音那么嘈杂，各种诱惑和困扰，像巨大的搅拌机，把我们深吸其中，再一点点碾碎。人们混淆在一起，追求着相同的东西，也忽视着相同的东西，甚至连所快乐的和所痛苦的也几乎是一样的，渐渐失去了各自最初的模样，一个个面目全非。但大多数人依然麻木地停留在原地，因为无处可去，只好无法忍受地忍受着现实，这或许就是沉默的大多数。大多数沉默不会爆发，慢慢也就走向死亡，完成平凡的一生。

纵然人生诸多无奈，空气肮脏难忍，食物危险可疑，工作乏味无趣，知心伴侣难遇，但我们可不可以，就从今天起，做一个幸福的人？

从今天起，做一个幸福的人。减少没完没了的饭局，忽略酒精里盛开的脆弱繁华，远离喧闹的人群，释怀虚假的情义，拒绝急速而至又飞逝而去的激情，不要为了登上山顶而在悬崖边不顾一切地飞奔。让我们安静地坐下，也许我们只是坐在偏僻一隅，并没有鸟语花香，也没有喝彩掌声。但我们手脚舒展，呼吸通畅。何况阳光总是普照在任何地方，小草也总是处处发芽。仰望头顶，或是蓝天白云，或是朗月星空。浩浩自然全收于怀中。天地间，我们是一个个郁郁葱葱的生命，有丝丝的温暖渗入日月，有汩汩的血脉流淌大地。

从今天起，做一个幸福的人。正确地告别泥泞和黑暗，明亮地活着，回到最初的自己。或许需要学会逐渐对人生妥协，学会习惯光影里总有隐约的尘埃，习惯世界的不完美。面对不快乐的人和事，学会懂得寻求合适的方式去解决，不必一再哀怨和控诉，也不必冷嘲热讽。人生不算长，也不算短，一路风月尘土，总是自己的选择，决定之前想想清楚，决定了就好好承担。生活的奇迹不算多，终究还是会有一些的。其实慢慢地我们也不再需要奇迹，遇见一些对的人、对的事，值得留恋，值得珍惜，人生也就圆满了。

海子说：

> 从明天起，和每一个亲人通信
> 告诉他们我的幸福
> 那幸福的闪电告诉我的
> 我将告诉每一个人

> 给每一条河每一座山取一个温暖的名字
> 陌生人，我也为你祝福
> 愿你有一个灿烂的前程
> 愿你有情人终成眷属
> 愿你在尘世获得幸福
> 我只愿面朝大海，春暖花开

那么，我们，尘世间的每一个人，亲爱的你，是否愿意从今天起，做一个幸福的人，相信生活，相信爱！

到对岸去

    我总是在不经意间来到一条江边，无边无际的江水，把我拦在岸这边。

    我站在岸边，我已长途跋涉了千万里，我要去的地方就在对岸。可我看不见它，我只能看见滚滚的江水，连绵不绝，永无止境。我的眼睛一次次带着我一起淹没在白茫茫的江水里。我用最后的力气沿岸奔跑，渴望寻找一个渡口或是一座桥。我从白天跑到黑夜，从完整跑到破碎。我不停地跑，不停地找，跑到最后仿佛连岸都消失了，江水打湿了我的赤足，我感到冷。

    我在岸边坐下来。我坐下的时候，一小块潮湿的土地给了我虚假的温暖。我摆脱不了这种温暖，我真的觉得累，我需要这种麻醉般的安慰。我紧贴着地面，不知不觉蜷缩成一团，没了棱角，没了形状，我把自己深深地埋进一个洞穴，我忘了自己还需要呼吸。我越陷越深，终于感到窒息，仿佛就要死去。我想大声呐喊，可声音来不及冲出我的胸膛就已失去了力量。它们像雾一样在我身体里无声无息地蒸发，甚至来不及留下一些湿漉漉的痕迹。我不知道自己走到了哪里，环顾这江水岸边，四周是一片寂静的黑暗。我害怕了，我明白自己不能停留，只要一停下来，我就会在这里腐烂。我必须到对岸去。

我要到对岸去。我开始在岸边噬咬自己，我要咬醒在麻醉中沉睡的自己，我要用滚烫的鲜血把自己洗净，我要狠狠地剥掉堆积在身上的一切屈辱和迷茫。我的心开始长出一层厚厚的壳，我的脚也长出一层厚厚的壳，我知道我不可避免地有了一种结了痂的伤痕。我很高兴，我从此有了生命的年轮，我也就又有了一些由疼痛带来的力量，它们能带我涉过这条江。我拥抱着新生的自己，从泥泞中重新站起。我临风站在岸边，向远方望去，隐约看见了江中的小岛，有温柔的波涛在轻拍它的腰。我甚至看见了岛上似有亭亭的树，树丛里仿佛传出呢喃的鸟鸣和细碎的虫吟，一缕阳光若隐若现，好似一种遥远而怜爱的眼神。我热泪盈眶，我终于找到了方向，我要经过这小岛去到对岸。那里也许并不是天堂，可一定也是有青鸟飞翔的地方。我穿过岸边的沼泽地，穿过层层的芦苇荡。我的发辫已散，我的衣衫已乱，我的脸上已有伤。可我内心的快乐渐渐荡漾，我开始大声歌唱。我的脚步越来越快，几乎要飞起来。

我在岸边飞也似的奔跑，岸在我身后不断延长。我一刻不停地寻找梦中那个安静的渡口。突然，有一座桥出现在前方，它浮在半空，披着华丽的衣裳，像彩虹一样刺眼明亮。我看到桥上熙熙攘攘，有络绎不绝的人群来来往往。我停下脚步向它凝望，我害怕它的热闹和光芒。我绝不愿淹没在人群中走到莫名的远方。我突然明白我的对岸绝不能从桥上通过，我怕在桥上迷失了自己的路，我怕错过江中的波涛和小岛，我更怕桥的那一边并不是我要去的地方。我在岸边拒绝了一座桥。我要在岸边寻到那个长满碧草和小碎花的渡口，在天边的霞光和植物的馨香中等待我的小船驶来。我要扬起洁白的帆，划起金色的桨，我要躲开恶浪、避开暗礁、甩开水草，独自一人乘着风驶向我的对岸。

我在岸边，我一定能找到我的渡口，也许船就快来了，也许不等船来，我已经长出了翅膀。

朝着最好的那个你奔跑

我十四岁的时候，家里的长辈语重心长地对我说："很多人可以选择的时候，也许还不会选择；当懂得了该如何选择时，也许又已经失去了选择的机会。因此，成长的道路上，要学会思考，懂得选择，并要为自己的选择去坚持拼搏，努力做最好的自己。"这句话，重重地回响在当时还是孩子的我的心里。

我们的生活、我们的道路，开始时其实是没有选择的。我们按部就班地前进，在一小方天空里默默地努力，就像小鸟在低矮的草丛里练习飞翔。待羽翼渐丰，我们站在一点点稚嫩的人生经验上，准备凌云高飞。在往远处展翅之前，我们就开始需要去思考，只有清晰冷静地思考，才能尽量正确地选择。初飞的路上，当然还可以不断地调整方向。我们年少气盛，意气风发，什么都敢去试、去碰、去感受。人生的旅程刚刚启航，我们还有大把的时光去流连。我们输得起，错误的选择，可以及时调整或掉头，而思考往往也会发生在不断的调整和掉头之后。

　　然而，青春也总是如朝露，稍纵即逝，时不我待。在有限的生命里，我们真正能拥有几次重新开始的机会？我们又有几次能潇洒地放弃？当我们挥手道别自己曾经的选择时，我们同时道别的又何止是自己的前一段人生？当我们越飞越远，越飞越高，我们逐渐失去选择的机会，能选择终究也会成为一种奢侈。

　　当我们拥有选择机会的时候，选择真是无所不在的。大到职业婚姻，小到兴趣爱好。大的选择决定我们的人生，小的选择也会在我们的道路上埋下伏笔。有时候，我们稀里糊涂地在纵横交错的小巷里徘徊，不知道正面临着选择。有时候，我们随波逐流，让生活任意选择自己。没有人一生只需一次选择，就能得到完美人生。大家都会犯错，改正错误又是一种选择。所以在眼花缭乱的选择面前，我们唯有冷静思考，才能准确前行。我想，也许一个人过了二十岁，就应该进行认真而深刻的思考，如果不思考，就只能被动地一天天走向死亡。而一个人关于人生主要方向的选择最好在三十岁之前完成。三十岁以后，我们就该为自己的选择去负责，去努力，去拼搏。

　　曾经看过一篇文章，说到俄罗斯数学家格里戈里·佩雷尔曼（Grigori Perelman），他离开美国的研究机构，回到圣彼得堡，拿着不到一百美元的工资，一个人关起门来做研究。他把研究成果贴在了互联网上，得到重大奖项后却拒绝去美国领奖。因为他觉得"既然大家认为我是正确的，就不需要靠一个奖来证明我是对的"。另一位俄罗斯科学家在评价佩雷尔曼拒绝领奖时说："要做大事情，必须有非常纯净的头脑。他只能够想和数学有关的事情。

其他的都是人类的弱点。接受奖项，就是体现了这种弱点。"

佩雷尔曼努力保持自己纯净的头脑，专注研究。这当然也是佩雷尔曼经过深刻思考之后的选择，并且这种选择得到了他的尊重，所以也得到了非同一般的坚持。自始至终，他都在朝着最好的那个自己奔跑。

思考是必需的，但这只是一个良好的开始，并非结局；选择是重要的，但这也只是一个过程，并非成功。成功总是诞生在不懈的坚持之后。也只有坚持，才使你的思考和选择真正产生意义。有时候，最智慧的思考是多余的，最正确的选择是不存在的。一些阴差阳错的选择也能造就奇迹和辉煌，所谓条条大路通罗马。但不管走哪条路，到达罗马总需要坚持。如果半途而废，你到达的将不会是罗马，可能会不知所终。当然，在精彩纷呈的世界里，坚持可能会显得脆弱无力。前途渺渺，远方那么远，在四顾无人的路上，我们总是会陷入迷茫。苦海无边，回头是岸。即使是自己深思熟虑后的选择，也会在茫然中产生怀疑。意志薄弱的人，总是轻言放弃。不坚持，只能来来回回地奔波，让自己的人生变成了跑马场。

只有对自己的思考产生信仰，对自己的选择产生热爱，才会从一而终地坚持。当你坚持到底，那个最好的你自己，便会在不远处，迎接你！

多少少年郎，终究空白头

人年少时，都对未来抱有美好幻想。似乎世界只是在静候自己长大，好像海阔就能凭鱼跃，天高也就任鸟飞，从来没有担心过有许多事会是力不从心的，有许多愿望将是永远达不到的。

少年郎总是如初升的朝阳，把梦想随意安放在伸手可及的枝头。因为还没有开始，便被允许一再无限想象。手里大把的时间，可以用来努力，也可以用来挥霍。摔过的跟头，走过的弯路，错过的，丢失的，都无畏，也从来不曾真正紧张过。毕竟一切都可以重新来过。年少真是轻狂啊！轻狂到看不见自己，也看不清世界。

岁月一天天流逝，青春哗哗作响，太阳越升越高，含苞花蕾悄然盛开，无法阻挡。不经意举目远眺，才发现，长河向东，百舸竞渡，千帆争过，而自己还在岸上四处乱跑。野地里杂草劲长，淹没少年的脚。风中有青草清香，碎花烂漫，过路人络绎不绝，断断续续隔山对唱。在太阳落山之前，到处都是乐园。夜晚来临，茫然少年就变成了寒号鸟，流离失所。

　　此时此刻，少年郎才终于感到恐惧，意识到时不我待，也终于发现自己可能是只永远也变不了天鹅的丑小鸭。世界那么大，好多事情别人远比自己做得好。曾经自以为是的一切，也不过是昙花一现的朝露罢了，不汇入江河湖海，时光真正是转瞬即逝。更何况，苍白少年，两手空空，门前身后，一片荒芜。若不再植树造林，绿意浓荫只会在他人庭院生长。直到有一天直面自己的浑浑噩噩，才看到了无边落木萧萧下，不尽长江滚滚来。

　　都说自古英雄出少年，而谁能知晓，数不尽的少年郎，一批批掩埋在时光的长河中。茫茫人世，究竟空白了多少少年头，都付一朝烟雨笑谈中。

爱是什么？

爱是什么？这个问题几乎没有意义，无数人问过，无数人想过，无数人面对过，然而依然没有答案和定义。每个人的爱都是甘苦自知的一个精神体验。它给你无比的幸福，也给你灭顶的痛苦；它给你彻底的安全感，又彻底地带走你的安全感；它给你信心和力量，又让你绝望和无力。爱是那么不讲道理，那么捉摸不透，又是那么让我们执迷不悟，牵肠挂肚。

在爱里，在深爱里，我们成了一枚宿命的棋子，把喜怒哀乐全交给它去掌管，把时间行程全交给它去支配。它有无穷的力量，它无时无刻不牵引着我们的心，它翻手为云，覆手为雨，它让一个人的一句话就是我们的一个季节，它决定我们命运的结局。我们那么心甘情愿地被它束缚，乖乖地收起一身的刺。也许这刺从此就扎入了自己的心，让自己千疮百孔，让自己面目全非，可我们仍如飞蛾扑火，奋不顾身。爱是那么伟大，那么神圣，又是那么卑微，那么可怜。它是天使，也是魔鬼。它曾是我们的天堂，可天堂转身就是地狱。它让一个人在一分钟前是我们最不可分离的亲密爱人，一分钟后也许就是老死不相往来的冤家陌路。它让我们的心从百炼钢到绕指柔，又从绕指柔到百炼钢。一切的起起伏伏、缠缠绵绵、生生世世，怎一个"爱"字了得？

在爱里，在深爱里，我们变得那么美、那么好。我们低眉顺眼，千依百顺；我们乐于奉献，舍得付出。所有平时做不到的，我们全做到了，所有平时不愿做的，我们全无怨无悔地做了。我们变得宽容，变得善良。我们的爱多得盛不下，我们的心纯净得似乎一尘不染。然而我们又变得那么蠢那么丑，我们一门心思，一意孤行，撞了南墙死不回头。所有的理智几乎全部消失，所有的尊严几乎全部抛弃。我们变得贪婪，我们要他的手要他的吻要他的心要他的全部。我们变得脆弱，我们为他笑为他哭为他疯狂为他痴傻。我们变得苍白，我们失去食欲失去睡眠失去健康失去正常。我们不再是我们，我们最终失去自己失去爱失去一切。当一切成空、一切静止、一切死亡。所有的患得患失、缘来缘去、情深情浅，只一个"爱"字相送！

爱是什么？爱是一场火灾，它用燃烧带来温暖也用燃烧带来伤痛。它开始时总是光芒万丈，结束时总是心如死灰。

灵芝草

　　他们，曾和世上其他的男女一样，在这纷繁嘈杂的都市里伴随着生活的惯性一天天活着。

　　他们，在各自的人生之路上，有时结伴而行，有时特立独行。对他们来说，停留，有时是奢侈，有时是无奈。

　　一天天，他们都知道这样的人生，实际上只是遥遥无期的飘游。夜半寂静时，他们有时是绝望的。

　　直到彼此相遇，直到，恨不能彼此吞没，长在一起，不离不弃，时时、刻刻。

　　然而总是分离。在夜色里，无边无际的城市的暗夜里，只有对方的脸，像一株灵芝草，一次次将彼此照亮。思念如一锅滚烫的开水，沸腾煎熬，即使那一刻，还深深拥抱。

　　有时候，他们都是小孩子，彼此需索，又彼此疑惑。想要的，想给的，都是那样的绝对，那样的纯粹。不含一丝杂质，没有转圜余地。他们，都是傻孩子。总让对方又哭又笑，试探和碰撞的伤，总是汹涌出更为缠绵和激烈的爱恋。

就像两只不可救药的幼兽，渴切地想抵达彼此的领地。靠近彼此的时候却要不断舔舐，不断闻嗅，甚至纠缠、撕咬，还有，相拥、亲吻，一步步交融在一起。有时终于不分彼此，相依相伴。有时也无能为力，又无可放弃。

在这样黑压压的都市里，他们是彼此的俘虏。只要捆绑在对方的怀里，死也无怨无悔。

但这终究是不好的，疼痛一旦反复袭击，便渐渐成为一个病灶。因此他们一再地互相安慰，一再地互相抚摸，一再地互相交付。他们都愿意证明，你是我的灵芝草，只要有你，爱就可以长生不老。

很多时候，他们的确是在和时光赛跑，有时候比谁快，有时候比谁慢。

一切都是为了在一起。只要不分离，分分秒秒，都是他们的年轮。

一次又一次，他们彼此倾诉："我从不曾真的要和你分离，即使那一刻，我真的会离开你。"

然而他们总能看到对方的好，那是一株灵芝草，彼此浇灌，互相滋养。两个人的血液，因此温暖丰盛。两个人的灵魂，因此大声歌唱。

他们都知道，短暂的人生，不会常常有奇迹。

并且，在这常常令人绝望的都市里，人们也常常不再需要任何奇迹了。

或许正是这样吧，他们都是彼此的底牌，其他的，都无足轻重。

那么，这尘世里每一个相爱的人，请和他们一样，好好相爱，温暖相爱，不再疼，不再冷，你们都是对方的灵芝草。

祝福你们，相爱到老！

谁是谁的爱

　　相爱的人，总是不分彼此。穿一样的服饰，吃一样的饭菜，用同一张时间表，过同一类型的生活。在漫漫时光里，在茫茫人海中，我和你遇见了，牵到了你的手，投入了你的怀，走进了你的心。我们在一起，难舍难分，相亲相爱，你是我的，我也是你的。一个"爱"字，连着两个人，撑起一个世界。

　　可这个世界那么小，容不下其他人；这个世界不牢靠，常常转瞬即逝；这个世界太善变，明明艳阳当空照，暴风雨却说来就来。小小世界里的两个人，不得不从彼此的怀里走出来。你还是你，我还是我，再爱得死去活来，也不过楚河汉界、天上人间，终落得分道扬镳、各奔东西。都说良辰苦短，好梦易老，更何况情深伤更深，乐极易生悲。世上哪里是桃花源？人间哪里是天堂？永远割不断的似乎只有血肉亲情。神圣伟大的爱，也好像只有下凡到人间，洗尽铅华，相濡以沫，才能生生世世。是爱错了吗？骗了我们？是我们不好吗？我们弄伤了爱？还是世上本无爱，俗人自欺之？不！不！爱没错，我们也很好，人间自有真情在，世间唯爱是永久。

只是滚滚红尘，痴痴男女，几人能识得爱？几人能留得爱？几人又能爱得爱？爱一尘不染，近乎透明；爱宽广无边，近乎无形；爱飘忽不定，近乎不存。去爱的那颗心，是否纯净无邪，让爱洁白清香？让爱停留的那个肩膀，是否温暖干净，让爱舒适安全？拥有爱的那个怀抱，是否辽阔深远，让爱得以容身？紧握爱的那双手，是否坚强有力，让爱永不飞走？爱不要勉强，不要敷衍，不要搪塞。爱不能患得患失，不能似是而非，不能忽冷忽热。谁懂爱？谁敢爱？谁会爱？爱是那么美好，为什么还要受折磨？爱是那么幸福，为什么还要伤离别？莫怪情如春潮，潮头过后总寂寥。休恨缘似一梦，梦里花落知多少！

问世间，茫茫人海，谁是谁的爱？

瞬 间

她告诉我说，曾经有一年的夏天，他们有过一段不一样的闪闪发亮的时光。

那个时候，他们刚刚相遇，每天最渴望的事就是见面。哪怕只是一个瞬间，也要不顾一切，奔向对方，见一面，紧紧拥抱，然后依依不舍地告别，期待下一次的相见。

我对她说，有过这样一段被加冕的时光，回忆就不苍白了，以后的岁月，是可以随遇而安了。

他们的故事，其实是和所有爱人的故事一样的，只是发生的那一刻，在他们的心里，感觉自己的故事更美一些。

有时候伤心了。没有什么可安慰，只有见面，唯有见面。

于是，他说，很快到来，一个吻的时间，是上天的奖励。

她是那样飞快地奔下云梯，没有来不及，看着他，笑嘻嘻。

茂密的树荫下，他的脸，把她覆盖。阳光落了一地，是这样的好天气。那一刻，世界退出视线，时光被纵容，一个透明瞬间，就这样完美出现。黑夜里的伤痕，忽然没了痕迹，他们又变得温暖柔软。

有时候我会忍不住对她说，那个时候你们都是梦里的小孩子，这样简单幼稚。

她忽然认真地告诉我说："那个时候，我很开心，很开心。我要的不过就是这样一个瞬间而已。有时候，只是一道光，一个笑容，一次心跳，一句话语，一把火焰，一场演出……呵呵，这样跳动的甜美瞬间，足以诱惑我继续走下去，走下去。"

我笑起来，想象着他们两个人一起举着一根小小的棒棒糖，鲜艳的色彩、美丽的纹路、诱人的滋味，就这样郑重地被举在手中，在那些纵横交错的小巷里，停留片刻，在水里融化，在火里释放。

想起那些点点滴滴，怎么不是奇迹。我们的生活，其实到处都是闪闪发光的秘密，我们有时可以发现，有时却熟视无睹，多么可惜。假如有人送给我们一把钥匙，轻轻一转，瞬间，就可以打开欢喜。生命的意义，其实真的只是为了得到这一个又一个瞬间。这才使我们心脏的轨迹，有了起伏跳跃的热力，不会变成一条宣告结束的死亡直线，也不会变成一次单调多余的无聊游戏。

因此，我明白，为什么要在平淡的日子里设置快乐的节日，为什么要在寒冷的夜空下燃放灿烂的烟花，为什么要让素不相识的人相遇，为什么要让故事结束又开始。或许一切不过是上天的奇妙手势，他让我们乐此不疲，他让我们生生不息。

很多年以后，或许她依然会想起，或许会再对人说起：

　　有一年的夏天，在无边的阳光里，茂密的树荫下，他一次又一次，很快到来，笑嘻嘻。

　　很多时候，只是一个瞬间，一个吻的时间，就这样，安慰了昨天，决定了明天。

守 候

南京开始不断地下雨。

马路被雨水冲刷以后,泛出一种清冷的光泽,显得非常干净,但是寂寞。从宁夏路到西康路、牯岭路、赤壁路、珞珈路、琅琊路、宁海路……这些简短而安静的道路,有着如此好听的名字。即使过去的那种繁华和迤逦已逐渐破落,缓缓消失,但这里仍然不动声色地透出一种曾经的高贵和大气来。他们说这里曾经是国民政府的使馆区,也有许多国民党的高级将领曾经住在这里。

那一幢幢掩映在树丛中,结构错落、纹饰华美的小楼里,曾经发生过怎样的故事呢? 历史并不会全部记录下这些,许多激烈缠绵的细节,除了我们的想象,已经全部淹没在岁月风尘里了。

又一个雨季来临,我在这座城里,在这样的时光里,等待梦想中的未来一天天到来。

南京好像是个不愿醒来的城市,特别是在这样的绵绵雨季。

曾经那样在人群中央，万众瞩目地演出过，到了今天，已经真正宠辱不惊。很多繁华潮流无法完全把这座城市覆盖，在这里执着的，是一天一天毛茸茸的生活。没有什么会在这里真正改变。在这里，需要耐心等待，需要安静平和的生活。

所以，亲爱的，很多事情我们无法着急。即使我们恨不得破茧而出，化蛹为蝶，但是，除了接受时光的洗礼和考验，我们别无选择。

而这个过程可以是美好的，无比美好。因为，一路上，我们会始终在一起。

人生其实也和城市一样，被命运注定了一般。有些城市，注定了要起起落落，历尽沧桑。有些人，注定了要彼此凝望，若即若离。

经过珞珈路的一幢老别墅，我看到围墙刷得雪白，玻璃窗明亮洁净。绿色的藤蔓植物已把暗红的墙面密密地裹住。院子里，一丛丛火红的凌霄攀缘而出，在雨水的冲刷下，无限哀怜又无比动人。

在瑟瑟的雨水中，我突然想起一首老歌，电影《无间道》的插曲，蔡琴唱的《被遗忘的时光》："是谁在敲打我窗？是谁在撩动琴弦？那一段被遗忘的时光，渐渐地回升出我心坎……记忆中那欢乐的情景，慢慢地浮现在我的脑海。那缓缓飘落的小雨，不停地打在我窗。只有那沉默不语的我，不时地回想过去……"

亲爱的，这初夏的雨季，这一段慢慢会被世界所遗忘的时光，或许是我们慢慢守候的开始。

冷 雨

为了抵达遥远的大海，有些雨水，会在寂静的深夜，悄无声息地洒落海面。它用自己的结束，完成彼此的相遇和融汇。

这是，心甘情愿。

太过充盈的感情，渐渐会生出一些光芒。有时非常温暖，让人满怀感激。有时又会透出锐利，使人心生恐惧。说到底，会忍不住伤人，或者伤己。然而，这终究是稀少而珍贵的，值得郑重对待，值得为此付出时间和心意。

好似一把寒光凛凛的绝世宝剑，值得伸出手掌，尝试有力地握住剑柄，翩飞起舞。即使最终只是用来自刎脖颈，也该是平静抵达，含笑而归。

这是，心甘情愿。

然而，手握利剑，更应平心静气，优雅淡定。需要的，只是耐心地、安然地加以控制。爱不释手，细细欣赏，自是满心欢喜，又是神清目明。最后，微笑着把它插入合适的剑鞘，可以佩在腰间，也可以挂在墙壁。

浓郁深情，也只是需要交给那个对的人，相挽入世，相伴出世，都是花好月圆，心甘情愿。

然而，有些相遇注定只是短暂抵达，擦肩而过。

就像一场小小的冷雨，在寂静的暗夜里出发，鲁莽地、长驱直入地，从天而降，不由分说打湿这个世界，又转瞬即逝。除了留下一点寒意，还有什么呢？无处安放的深情，有时候就如那把利剑挣脱手掌，飞驰而来，经过你的身体，又飞驰而去。那一刻，也许是美丽的，尘世伤口里瞬间开出艳丽的花朵，而用这样决绝的方式，也终于能袒露出爱意，即使这爱意如这剑锋上的鲜血一样在黑夜里惊心动魄。

这是因为，在别无选择的时刻，最后只能选择这样凄艳的美。

是的，别无选择。
就像这一场小小的冷雨，
我们在这尘世相遇，
又在这尘世分离。
我们终将是要失落的，
我们终将是要转身离开的，
当彼此靠近的那一刻，
匆匆逃离，
请将奔涌而出的泪水，

遗忘在，

来时的梦里。

大海的颜色

他说，大海的颜色，和你一样清澈透明。

在那片海域，海真实的颜色应该是一片暗黄，就像一个模糊的故事情节，我知道。

清澈透明的色彩，的确曾经一直在我们的身旁吧。那些晶晶亮的夏季，那些浓绿滴翠的树荫，那些从阳光下轻巧而过的身影，那些无忧无虑的欢笑，还有，那些简单的爱。可现在，世界的真相是模糊的、无语凝噎的、暧昧的、无奈的。我也是暗的，在阴影里，等待明亮的阳光折射过来，借一些反光。那些透透亮亮的光和色，是什么时候告别的呢？什么时候，它们才会回来？

大海也是从一条山泉，或者是一条小溪那边来的吧？来时的那片山林里水源清澈如昨吧？可是，大海是再也回不去了。它只能长途跋涉，一直不停地向远方去。

有谁会停下脚步呢？就像我们，也已经出发，好像涓涓细流，无声无息地汇入小河、大河，再融入江湖，奔向大海，先是浅海，最终是茫茫的深海。一路上，我们不经意间会携带多少风尘和泥沙，或者阳光雨露。这些东西，也许会深入我们的肌肤血液，也许会洗涤我们的灵魂。

到达的那片海，还是浅海，离陆地并不遥远。

很多事情还在岸边的时候，也许并没有颜色，也没有方向。所以所有的颜色全是它的颜色，所有的方向也全是它的方向。即使暗黄，也可以看成清澈的。即使无路，也可以迈步，但不能急着走。如果没有心灵的导航，天涯海角的尽头，还能否找得到那片郁郁葱葱的绿洲？也不能停留，停下来，太奢侈。时间从来不是保鲜剂，它一点一点摧毁最初的鲜嫩，用记忆深埋，最后腐烂，成为一片黑暗。必须起航，或者离开，只有在大海深处，一切风尘泥沙才会沉淀，让海的颜色变得深蓝沉着。这种蓝是用白天和黑夜调出来的，在色谱里，通常称作高级灰。画画的时候，最难把握却最珍贵的就是这样的灰。这是一种沉默无语却又丰盛多彩的美，是另一种更纯粹的清澈透明。

还是有很多大海是真的清澈透明的，只是都很遥远，但一定存在。

而我，当千万里路在脚下走过，也终会等到明亮的阳光，让阳光把我照得清澈透明吧。

那时候，我会相信，爱到最后也会变得最是简单。而故事的结局，也会真相大白。

坏孩子

你是个坏孩子！

你总是喜欢在悬崖边玩耍，不听大人的话。

虽然我知道，你是想爬到高岗上放声高唱。可是，坏孩子，你知道你的歌词应该怎么唱，你的旋律应该如何弹响吗？

那一片向阳山坡上，草木茂盛，鸟语花香，确实是个迷人天堂。

你找得到通往山顶的那条路吗？像你现在这样，走走停停，东张西望，你一定会跌倒在半山腰上。我知道你是个坏孩子，你没有力量，你从不坚持梦想，你总是迷失方向，你一直就是个让我失望的坏孩子。也许你以为你已经出发，一路上，总有人会来牵你的手，带你来到青鸟飞翔的地方。可是，坏孩子，如果你不乖，不可爱，不努力，谁会一直陪在你身旁？看看你沾满泥沙的小脸，你那骄傲的讨厌模样，太阳下山之后，你一定会热泪盈眶。

你是个坏孩子！

不听大人的话。

我当然知道，你是想看烟花升上夜空，美丽异常。可是，坏孩子，你不怕火星烧着你的衣裳？你不怕没人注意到你被烧伤？

那一束流光四溢的灿烂烟花，也曾是我内心的执着向往。可是像你现在这样，不停地擦亮，不停地燃放，会不会引起一场火灾？我知道你是个坏孩子，你不管不顾，任性张狂。你以为你把温暖释放，就会春暖花开，让世界换上新装。可是燃烧过后那一地的灰烬啊，会把一切弄得更冷、更脏。看看你一意孤行的鲁莽样子，你是飞蛾扑火，蝴蝶飞不过海洋。叶落飘雪之后，你一定会被无声埋葬。

你真是个坏孩子！

你总是这样让我心伤！

可是，坏孩子，如果你实在是个坏孩子，我也还是会帮你的忙。

你要去的地方，我承认那称得上天堂，你要看的演出，我也承认那是一场真正的绝唱。

坏孩子，不要怕不要想，和你的伙伴一起，去吧，去追寻你的向往。

我会在这里，为你一直默默地鼓掌！

碎玻璃

日光之下，如此繁华；璀璨光芒，那样锐利。其实，一切不过是块碎玻璃！

你要的完整，我要的意义，百转千回之后，大浪拍碎岸堤，奔流到海，无从追起。

在这样一个错乱的梦里，你和你，不过是一场混战而已。请别记起，请一定忘记。只有这样，我才可以去选择逃避，逃避莫名的分离。

镜花水月的时光，的确是上天的额外赦免，一切都闪耀在梦境里。江南的这样一个多雨季，扑朔迷离。我要走到哪里才可以回到现实？美好的东西，总不可以一直紧握在手心里。事物的真相，总是藏在百变的魔术里。我只要稍稍注意，就会发现谜底。呵，这些道理，我从不曾忘记。只是你难道真的不明白，这和我毫无关系？我并不想知道，你是否还在那里。

　　你是否还在那里？对此，我也真的无能为力。事件的因果关系，往往不讲道理。即使我如此不珍惜，也会被误解成一种滑稽。我不得不去回忆，自己是否早就错过花期。那么请允许我双手举起白旗，请允许我退回到深海里。不过，我一定不会哭泣，为什么要哭泣？快乐是如此简单容易，我自己，也早已是一块碎玻璃。

　　呵，我也是一块碎玻璃，没什么了不起。即使一切曾让人目眩神迷，但这光芒早已给了记忆，对你而言，真的已没有任何意义。请不要轻易去提起，我宁可，被时光慢慢抛弃。

陌生人

你是什么时候来的呢，陌生人？

在我们的身后，真的是巨大的空白吗？那些茫茫的时光里，是否也有这样一个初夏的黄昏：古老的廊檐下，你，曾停留在我窗外，听我弹过一曲箜篌，是吗，陌生人？

可是沧海桑田，一路风尘。多少次，我们交错而过，溪水早已流入海洋，浪潮却回了大地。之前的日子里，你是我的，我是你的，流浪者。之后的日子里，你依然是我的，我依然是你的，流浪者。是哪个调皮的孩子射破时空，让你从天际滑落，让我从海底升起？你的一回首，我的一低头，多少个女子唱过的那一首歌蓦然响起。而我们，即使满腔热血，也无法唱出一句歌词。无语凝噎里，不得不承认，我们不在一个星系里。不同的日夜，不同的轨迹，我们注定是一对真正的陌生人。

你是什么时候离开的呢，陌生人？

飞逝的流年里，那个黄昏，我的那一曲箜篌是否弹了很久很久？那夜窗外的月色，一定亮如白昼。我曾悄悄抬头凝望你，凝望你月华满怀，笑靥如水。你伫立的身影，此刻是我掌心里隐约闪烁的一根长长的线。我的掌心，依然洁白如那夜的月光，盈盈欲滴，又默默无语。当最后一串音符在丝竹间滑落，我最后一次抬头，你已了无踪影，一走千年。那一挥而过的衣袖啊，是否携了我滚滚而落的粒粒泪滴？终使我暗无天日，永沉海底。

可是，陌生人，什么时候，你又来到我的对岸？隔着云遮雾绕的山崖，我苍白的目光再一次遥遥凝望你，凝望你依稀的容颜。你在对岸，我在海边。那一海的波涛啊，是多少个女子唱过的那首歌，暗涌如潮，翻转流年。都说情如春潮，潮头过后总寂寥。陌生人，这一刻的相见，又会是多少年的遗落啊。在你消失之前，请允许我想象，如果我们一再转身，是否还能回到初遇的那个夏日，能够在那样的天光里，停留在水之中央，在满池荷花盛开的时候，让我把一生，交给你。

可是啊，陌生人，我知道，似乎所有的结局早已写好。无论我是微笑地迎向你，还是无语地和你道别，我们都已无法改变，我们终究是彼此的陌生人。

不要相信他

在深爱里，再聪明的女人，也会变傻。

你是那么爱他，他是你的"神"。在你眼里，他是世界上最好的一个人，他完美无缺，他说的每一句话你都相信。他说我爱你，你相信。他说我只爱你一人，你无比幸福地相信。他说我一生只爱你一人，你相信得几乎要幸福地死去，他说我爱你生生世世，你死也不会不相信。

可是你还没来得及幸福地死，他已好久不见你。你好想他。他却说，我也想你，但是我最近好忙，我没有时间。他的声音似乎充满疲惫，你一听就心疼，你相信了他，并且开始自责，觉得自己不体贴他。你想他是个有事业心的男人，应该以事业为重。可是又几天过去了，他依然说忙，你依然在思念里备受煎熬。你想他几乎想得要发疯。你小心翼翼地联系他，强忍着委屈，暗示自己渴望见他一面。他不紧不慢的声音在电话里响起：亲爱的，我好累，我忙得连午餐的时间也没有。唉，他叹气说，我也很痛苦。你很无奈，只好又相信了他。结果你陷入无尽的等待，在等待中，你越来越不相信的是你自己。

其实，他如果真的爱你，怎么会舍得让你如此难过？他如果爱你，再忙也不会忘了你。你是他心头的宝，他哪怕一天不吃饭，也会抽出时间来找你。他如果爱你，不需要你告诉他你多想他，他也会想你想得发狂。刻骨相思的滋味，他自己也在品尝，他哪里舍得再让你默默受伤。他如果爱你，没有什么可以阻挡他的脚步，即使远隔天涯海角，他也会想方设法来陪你。他如果爱你，更不会让你夜夜在无助中傻傻等待，就算他的人不能到你身旁，他的心也一定会来安慰你。他如果爱你，他一定还会说，我爱你，我爱你一人，我一生只爱你一人，我爱你生生世世。而不会说我很忙，我很累，我很痛苦。

所以，当他渐走渐远，当他忽冷忽热，当他似是而非。无论他的借口多么动听，他的理由多么充分，甚至他的语言多么让你感伤，他的声音多么让你向往。不要相信他！不要相信他有苦衷，不要相信他没时间，不要相信他还爱你。他不见你，就是他已不再爱你，最起码他已不再很爱你，他并不真的需要你。只是他还不想告诉你，他要搪塞你。

其实，我也知道，在深爱里，你一次次相信的是你要的爱情，并不是他。

安　慰

　　这个世上有这么多的人，这么多的物，还有这么多的事，是不是就是为了彼此安慰？可是，如果没有这些人，这些物，这些事，还有谁会需要被谁安慰？

　　这到底是为什么呢？

　　能被用来安慰的东西，看起来还是很多的。钱财、官位、名气就不说了。饿了，食物是最好的安慰。冷了，暖衣自是安慰。甜言蜜语，在青春年少时是一种变幻莫测的安慰，常常功能强大，却容易被风吹散。春光明媚，花好人和是青天白日的安慰。有些安慰是见不得人的，即使它最能给人以安慰，也被看作羞耻，需要隐藏在黑暗里，最具代表性的应该是男欢女爱。有些安慰要人命，烈酒、鸦片、毒药。这种安慰具有强烈的欺骗性，短暂的安慰后总是凄凉的悲剧。与此相同的一种安慰有过之而无不及，它包装得更加精美，诱惑更加难以抗拒，这应该就是爱情吧。一旦需要这种安慰，很可能永远无法被真正安慰。有人说，这是含笑饮砒霜。砒霜？那又怎样？笑过了，终究是被安慰过了。

亦舒的《喜宝》中说，一个女人没有很多很多的爱，有很多很多的钱也是好的。它在说一个女人最容易被爱情和钱财这两样东西所安慰。钱是身外物，并不见得样样能买到，选它不过是无奈之举。但钱实实在在，变是变不了的。有多少钱买多少安慰，清清楚楚，明明白白，还真算是最安心的安慰。只是如果内心苦痛，无法言说，有再多的钱也无用，此乃大哀，不说也罢。滴血的心只有情来舔，然而何以滴血，还不是为情所伤？情这种莫名的物质，和它较不得真的，天下最不讲理就是它。能被它安慰的，不是天才，便是白痴。这么一说，天下有情人有时也真可怜。

走了一大圈也无法被安慰的人大多会求救于时间。通常时间能洗干净一切，人的一生说到底就是在和时间玩个小把戏。很多伤痕由时间带来，也由时间带走。时间这双手啊，把你抓碎，又把你抚平。哪种安慰能比时间更彻底，更一视同仁，也更冷酷无情？时间带来的安慰的尽头，是再也不需要安慰。

就如我和你，人世间的每一个凡人，终有一天，谁也不需要被谁安慰。

或许是遇人节

　　一年一度的愚人节到啦！虽然在 2003 年以后，这个节日几乎变成了"哥哥"（张国荣）的追思日，但仍然不妨碍它是我们一年中最有趣最欢乐的节日之一。

　　April Fools' Day（愚人节），这是进入四月的一个仪式。人们刚刚从沉闷的冬季走出来，在无限轻盈的春光里，需要一些轻松的乐子来点缀生活。一年中如果有一天能让无伤大雅的谎言大行其道，并且给人们带来更多欢乐，这看起来毫无意义的一件事，实际上是多么有意思，甚至可以说是多么重要。

　　当然，这种美妙的乐子一般只会发生在关系轻松、熟悉或者亲密的人们之间。假如这一天，有人愿意花点心思来骗骗你，逗你一乐，这该是一个对你多么友好的人啊。这个人如果不是你的亲朋好友，那么，是否意味着，他或她在借用这样一个欢乐的、可以进退自如的节日在对你表示亲近或者好感？记得有一次，我在这一天发信息时错把"愚人节"打成"遇人节"。后来想想这还真不一定是个错误，对于愚人节这样的一个节日，或许很多人就是在阴差阳错间相遇了呢。只不过，这份相遇，最终是愚人还是娱人，就看造化啦！

记得有一年的愚人节，电台节目里说到这样一个故事。某个大学校园中，一位美丽的女生，在这一天想出一个整人的节目，就是分别约两个喜欢她的男孩出去吃饭。结果是其中一个傻瓜去了，另一个男孩子一眼猜出是愚人节游戏，很聪明地没有去。女孩子很欣赏这个男孩子的聪明，最终她和这个没去的男孩成了恋人。后来，他们在一起后，还常常取笑这个游戏里那个傻乎乎的男孩。但是渐渐地，女孩子发现这个聪明的男友总是让她受伤。在这场爱情里，她不知道流了多少眼泪。于是又一个愚人节到来的时候，女孩子在电台里忧伤地怀念那个傻傻的男孩，很多年前那个四月的第一天，虽然那是 April Fools' Day，他却依然傻傻等待她的到来，可是她却并没有出现。

眼花缭乱的生活面前，也许每一天我们都是愚人。

年少的时候谁会知道呢，有些纯真和美好，是要在很久以后的某一天——当你被这个世界上的聪明人伤了个透，才会想起的。一个简单的愚人节游戏，哈哈一笑以后，又有谁知道最终被愚弄的人到底是谁呢？命运的真相，总是要在你想不到的某一刻，才会在你的欢笑或者泪水中朝你飞快地翻一下底牌。

不管怎么说，愚人节依然是我们生活中不可多得的一个美

好节日。充满善意的玩笑是春日里的一粒开心果，我们可以尽
情地开心享用。所以，今天，当那些明显耍人的消息传来，我
们应该很乐意弱智地"中弹"，大家哈哈一笑，互道节日快乐。

等　待

听我说，我在等你，在那条河的发源地。

我知道，你终于出发，我能听见你的脚步，一声声，在时间的缝隙里，渐渐降临，渐渐清晰。

哦，别作声，别歌唱。就像清泉一流出山谷就会被弄脏，就像小鸟一离开树枝就会去流浪。所以，请让我用手轻按心房，让我安安静静、一心一意等你，在这里。

我原以为，等，是个不断消逝慢慢耗尽的词。我以为，等，总是要登高凭栏，望穿秋水。我也以为，等，是我困在水中央，而你在重山之外，不可凝望。在没遇见你之前，等待总让我想起腐烂，想起沉没，想起那漫漫流年里，无数的灵魂就这样寂寞而无望地等过。

在那些黑暗的河流上，因为长久的等待，等待的那个人最后被泥沙层层裹起，被饥饿的鱼群吞食。而在那一天天的日出日落下，那一树树的花开，一年年的叶落，总是有那样一个女子一次次地等待，一次次地失落啊。因此，如果没有遇见你，我是多么害怕等待。我只会低着头急速行走，从不愿停留片刻。

停留，对我，从来就是一种奢侈。

可是，当我终于明白，你正在千里之外日夜奔赴，一路风尘只为与我相遇。那么，等你，就变成如此美丽的姿势。等待，也变成如此丰盛饱满的词语。我等在这里，看得见你，在时间的缝隙里，翩飞如羽。

我的心，一点都不着急。我知道，千帆过后，出现的将是你温暖的笑颜。结局，终将是和你在一起。因此，这样静静等待的夏夜，那满池的荷花，也亭亭出水，含笑而盼，她也在等你轻折入怀。

而我的生命，仿佛重新开始。十七岁那夜的月光，也好像悄悄回来，为我照亮，那洁白柔嫩的幻想。

我是如此安静地在等你。在等待中我发现，谜底溯流而来，它让我恍然大悟，这一曲千年歌谣，最终的旋律是，爱和永远。

知道吗，我在等你，在那条河的发源地。

月光之下，我已屏息。

大地静寂。

映着天光，我的微笑，就在你渐渐到达的身影里。

祭　品

人类社会里，一些事、一些人，不能够早早地看见其命运的底牌，到底是幸福还是悲哀。

你看那只洁白柔弱的羊羔，它多么温顺，它轻轻咀嚼别人递来的一小把青草，满心欢喜。可怜的它不知道，它长得那么美好，结局只是被送上祭坛，做一个卑微的祭品。也许没有上帝存在，也许没有谁，真正懂得它的美好，也一样是被屠杀。

是命运这把暴戾的尖刀舔上它的额头，留下一抹残红，遭世人消遣、玩味，甚至可怜。

很多人也许是认命的，很久以前就如此，因为很多人确实也从来没有勇气，他们也不曾珍惜。长久以来，人们习惯了把结局剪辑到开始，个个心怀鬼胎，充满欲望地等待死亡和腐烂如期而至。宿命，这个曾被那些可疑的人滥用的词，已经在这个社会的尘土里让人哑然失笑，像一个不知廉耻的风尘女子，恨不得抽她一个耳光，然后，赔她一些廉价的泪水。

　　我们的社会，谁真的需要一个祭品，如果真的有上帝，那上帝需要吗？

　　不过都是在互相消遣，谁当了真，谁就该被送上屠场。生活，总是在奖赏冷酷无情的人，这个人，他不动声色，他可以不流一滴泪，把那只傻乎乎的羊羔宰杀，用一种神圣的表情。

　　或许这一切都不重要，重要的是，世间的游戏规则，或许需要一个上帝、一个祭品、一个屠宰手和一群看客。

　　我们到底为了什么而活，又应该如何存在？

你会和我在一起

记得刚到这个小区的时候，我去附近的菜场买菜，菜贩们给我的菜总是不够新鲜，还总比别人贵一点。对此我通常一声不吭，从来不讨价还价，从来不乱挑他们的菜，常常不要他们找零。没几天，买菜的时候，如果是 6.4 元，那些菜贩就只肯收我六元，还要送一把小葱小蒜什么的。而且，再忙他们也会亲自帮我挑选出新鲜水嫩的蔬菜，价格更是要公道一些，有时候没有零钱，他们甚至也就算了，不收钱。

如果我们总是愿意不计较，不设防，不在意，最终，即使只付出一点点，却也可以逐渐获得这样简单朴素的人情。

只是这个最平常不过的道理，好像也只有在最简单轻浅的交往里，才可以被大家大方接受。而在一些深层次的接触相处中，那种试探、防备、算计和自我保护，总是彼此最好的武器。为什么呢？也许是不想受伤，也许是太过在乎，没得到的怕得不到，得到的怕失去。人和人之间，相遇难，相处更难。

所以人确实是生而孤独的，只不过在拥挤而孤独的人群中，很多个体的孤独，好像被掩盖被忽略了。时间一长，有的人或许连孤独感也没有了，一个人失去了孤独感，到底是不再孤独还是更加孤独，这是个很难能真正说清楚的问题。

很小的时候，在夏天，或者秋天的午后，空旷无边的田野，浓绿深郁的树荫，安静流淌的河流、蝉声，或是鸟鸣，一声声，掠过明亮无云的天空。我一个人坐在高高的阳台上，家里总是没有人，我一个人，手里总是拿着一本小人书，或者童话书。看着看着，我就抬头望天空，觉得四周真是太寂静无声了，时间好像都静止了，静止在无边无际的白茫茫的光里。那时候，我总是绝望地想，什么时候才能长大啊。长大了，我要去远方，我要走得很远很远，我要走进热闹的人群里去。这么多年过去了，我没有走得多远，我也没有走进热闹的人群。

从小时候开始，我就深深地感觉到，那种白茫茫的光，那种一动不动的浓绿的树荫，那种没有一丝云游走的天空，还有那种好像凝滞了的河流，都是让人绝望的寂寞和孤独。当这种感觉越来越深，孤独感就开始在血液里生根发芽，它让我们长成一棵寂寞移动的树。

长大后，曾有人说过，当你把文字写给你自己，你依然是孤独的。或许这样说话的人，本身也是一样孤独的。很多这样天生自带孤独感的人，通常是即使想靠近，也无法真正靠近。他们不是怕得到，不是怕失去，更不是试探、防备、算计、自我保护。他们只是都太善良纯洁，他们不会放手，他们也不会伸手，他们只能站在原地，遥遥相望。像尘世里一棵又一棵各自站立的树，释放着各自的孤独，突然也开始有了温度。

南京的街道两旁总是高大的树。这些简短而安静的道路两旁，是一大片浓绿深郁的树荫。树荫里全是安静从容的老房子，间杂一些雅致的小公寓，没有高楼。树是这里的灵魂，这些密密的树荫让我如此喜爱。只有它们带给我的感觉完全不是孤独，而是安宁。

有时候，走在那些浓荫下，我会停下来，默默地注视那些老房子各式各样精巧的屋顶，错落有致地朝各个方向开的窗户。墙一般是砖墙，一面面暗红色的、青灰色的，或者其他已看不出分明色彩的砖墙。常常有碧绿的爬藤植物攀墙而下，最底端的总是无比柔嫩的小枝叶，在风中惹人怜爱地摇动。那些爬藤，有时是纤秀的牵牛，有时是艳丽的凌霄，还有很多我说不出来的小朵但热闹动人的花草。在初夏的夜晚，花草的清香总是一阵阵飘逸而出，渐渐带走我的孤独。

在南京这座城，我慢慢爱上这样的日子，写字看书，有时做菜洗衣，看一眼你。这样安静平稳的日子，似乎可以这样到老。孤独，也许还在我的血液里，但似乎这一次，我不用走得很远，也能走进热闹的人群里。

在那里，你会和我在一起。

一年中最迷人的时刻

每年新年来临的前几天，是一年中最迷人的时刻。

日子进入腊月后，生活的气息就开始一点点饱满热烈起来。那种感觉，仿佛是一条丰水期的河流，正在热烈地流过广袤的平原，即将注入大海的自由合唱。大街上开始异常热闹，人们忙忙碌碌，喜气洋洋，空气中充满了躁动和热烈的气息。即将到来的一切都让人满怀期待，仿佛会有所改变，仿佛会突然飞起来。

确实，将至未至的时刻最迷人，最感性，最让人无限憧憬又百般回味。

这是鲜花即将怒放的前一刻，这也是即将爬上山顶的前一程。一切都是蓬勃的，一切都是无可阻挡的。此时此刻，水还没全满，不用担心它会溢出来，月还未全圆，不用担心它会瘦下去。这是我们可以不断向往、获得最多幸福感的时刻，也是幸福感最真切的时刻。

　　等到钟声敲响，属于高潮的一切纷至沓来，按部就班，无法阻挡，不可停留，真正地飞了起来。那时，是否会隐约有一种无奈的被控制感和被剥夺感？也许很多人会闭上眼睛祈祷，但愿时光停在这一刻。睁开眼后，我们不可避免地发现，一切只会匆匆向前，永不停留。

　　这就是现实，无论你喜不喜欢，时光里的一切都是飞速而至，同样急速离开。

　　这样的想法应该属于悲观主义者吧，这种茫然和恐惧感或许是对人生的一种无力感。可是，谁又能确定这不够美妙动人？或许正因为这样，我们更加热爱不同寻常的美好时刻，暗地里，这种时刻也许还隐秘地具有一种更为纵情的释放。

　　好吧，新年即将到来，让我们起立，鼓掌，纵情欢乐！

　　祝大家新年快乐！

春　天

春天又一次到来，除了老去，世界并没有什么不同。

小时候，一直以为自己是个独特的人。事实上，我以为每一个人都是独特的，我以为每一天发生的事都应该新鲜无比，像故事一样精彩。后来才知道，这就是天真。

不可避免，和大多数人一样，我长成了一个普通人。并且越来越普通，普通到在人群中已然找不到自己，好像曾经的那个天真小孩，终于被时间漂洗，远去，消失无踪。

春天的阳光明媚如流水，风声和时光一起呼啸而过。

随着年岁渐长，时间好像是在飞翔。只有在春天，才仿佛会突然停一下，生命又一次打开，让你抬起头，凝望远方，期待遇见一个全新的世界，一个你曾经吟唱过的诗歌里的世界。在那里，你还在童年，一切才刚开始。你还会幻想，有一天，会与你所爱的人一起，去一个遥远小城，不问世事，只闻花香，晨钟暮鼓声中，相伴默默老去。

待春花谢去，夏荫渐浓，我们依然在熟悉的路上奔波，日日繁忙不知为何。平常日子里的困顿和凡俗工作里的压力，都是如影随形的一部分。生活有巨大的惯性，人有巨大的惰性。不得不承认，那些懂得在生活里不断改变、不断寻找、不断创造的人，都不是普通人。

我曾经认识一些人，有着众人称羡的好工作，有一天突然就辞职了，就在家写小说，炒股票，开小店，在不同的城市过着自己想要的自由生活。也有一些人，正是事业的收获期，突然有一天就从人们的视线里消失了，只有在网络和杂志上看到他们发的文章和图片时，才知道他们躲在世界的某个角落。朋友中，也有一些写专栏的、画画的，甚至写剧本的、做舞蹈或者瑜伽教练的。春日中，我们在会议室度日如年，在电脑前暗无天日，在办公室加班不停，他们在赏花、喝茶、聊天、看书、晒太阳。当然，生活本身诡异至极，他们的生活里自然也有另一种隐秘的压力和无所适从，也许一样也在暗流汹涌。但我想，这至少已是一种出自内心的选择，虽然个中滋味甘苦自知，但毕竟努力过。

有个女孩子，我很喜欢，她曾是一个风头日盛的媒体人，在闪亮光环下选择退出风光舞台，回到小时候成长的农村，安静地画画写字，设计漂亮的衣服，生活越来越接近她想要的样子，她的笑容越来越有阳光的味道。一个找到了方向的人，基本会是个平和从容的人，事实上她会越来越美好。那些走过的路，付出的努力，是多么值得。也许现在她也只是个普通人，但这样一个普通人，在人群中，的确会发出独特的光芒。

　　当然，每个人有每个人的活法，每个人有每个人的无奈。普通也罢，光芒也罢，世界永远年年春暖，年年花开。

　　只是，每当春天来临的时候，那些花开，那些越来越明亮的阳光，是否会让你忍不住想起诗和远方，想起另一种生活，想起来时路？也终于能停下来，看看另一条路上的风景。

乌托邦

是春天了，白天阳光越来越温暖，晚上稍稍有些春寒。夜里常有呼啸的大风从窗外刮过，风中隐约有辛辣又微甜的花香。

这是春天，的确。

这个春天来得如此缓慢，时光仿佛一直停留在一些古老的季节，似乎在冬眠。直到有一天，我突然发现窗外那棵熟悉的树又一次花发满枝，嫩绿的枝叶梢上顶着一簇一簇细小的粉紫色花束。又一年春花开，冬天走了。

只有时光从不停留，它总在朝远处飞去，那种速度，当你意识到的时候，也许会有一种被裹挟或者被遗落的感觉。在光影流转的间隙里，茫然四顾，也会不知身在何处。或许这也是春天这个季节独有的感觉，它太过轻盈了。仿佛站在门前，清晨的光线照过来，无声无息地低问，你从哪里来，你要去哪里？

春天应该是个苏醒的季节吧，然而有时候春天好像是个梦。

　　《桃花源记》描述了发生在春天的梦境。陶渊明让那个武陵渔夫在怡人的春风中缘溪行，迷路了，穿过两岸如梦般开放的桃花林，遇见了一片遗世独立的良田美池桑竹。在那个永远停留在春天的乌托邦里，人们美酒佳肴，和谐共处，其乐融融。世界上竟然有一个地方是只有欢乐没有烦恼的，如果这是真的，哪一个人不愿意费尽心力去寻找？然而，《桃花源记》的结局是，不懈寻找的人最终重病而亡，寻找那个乌托邦之事不了了之。

　　陶渊明其实也是个悲观的理想主义者吧，世上很多人是悲观的理想主义者。

　　相对于《桃花源记》，我更喜欢他的《归园田居》，那也许是我们还可以触摸可以到达的乌托邦。而在这个乌托邦里，春天这种梦幻般的轻盈逐渐隐退，常常有明亮高远的秋的色泽出现。十余亩田园，八九间草屋虽已是奢侈，但山林间飞鸟相与还的温暖，村庄里推窗话桑麻的从容，至少还是可以期待的。悲观的理想主义者，总是渴望有人陪你春耕秋收，让你相信岁月静好，现世安稳。

　　因为我们原本都是爱山爱水爱林之人吧。春天让我们苏醒，春天也让我们做梦。醒时，我们一起回家乡，梦里，我们一起抵达乌托邦。

仰　望

荷马说，西西弗是最终要死的人中最聪明、最谨慎的一个。

西西弗，一个荒谬的不可思议的英雄。

他和他的那块巨石，希望和绝望反复纠缠。

然而西西弗真的永无止境地扛着那块巨石吗？或者，是否那巨石上的每一颗细沙，对他来说早已和他形成一个独有的世界？在这个独有的世界，他早已站在山顶俯视或者说否认诸神，他早已把那块石头遗留在这个世界之外，他早已获得了自由和信仰，甚至幸福？

任何时候，坚定的信仰，就是巨大的幸福。

我忽然明白，其实世界对我来说是陌生的。曾经我以为我看透了它，以为它惨不忍睹；曾经我以为很多美好的向往不过是虚幻的，是不可信的，甚至是充满谎言、充满欲望的，也许只是当时被淤泥埋藏罢了。一个完整的世界，是光明的。即使在黑夜里，也还有那么多明亮的星辰，多得数都数不过来，它们并不遥远，还如此纯真。只要我抬头，我就可以看见它们，而看见它们，才仿佛清晰地看见了自己，清晰地看见了这个世界。它存在着美好，存在着赤诚，也存在着坚定的信仰。

生活终究会改变一个人，这种改变也许来自于尘世间的每一次相遇、每一次交融，以及每一次告别。我们从彼此的命运里穿过，或许停留，或许交错而过，都将留下那夜的星光灿烂，互相给予生命的热度和芬芳，这终将使我们的人生更加充盈而美好，也将使我们的内心更加柔软而慈悲。这种彼此和解的慈悲，也许就是穿过荆棘抵达的信仰。

我们终于能微笑地看着这个世界，而这个世界，也因此微笑地看着我们。

那么，今夜我仰望星空，在这沉默寂静的夜里，将你拥抱在怀里。

色　彩

　　我曾经只喜欢蓝色。说不出什么原因，有时候我觉得这种喜欢完全没有说服力，因为事实上，那一刻我只是别无选择。

　　后来我发现，我真的不算对蓝色情有独钟。不知从什么时候开始，我承认各种色彩都有它的美好，只是运用的人需要独到的领悟力。所以，最后的美感和色彩本身没有绝对的关系，关键的只是你对美的创造力。

　　在画布上，每一块颜料都是你的"子民"，它们静静地服从你的调遣，呈现出各种你所需要的姿态，到达你所想要到达的疆域，铺展出你所需要的美和诗意的力度。于是，你是五彩缤纷的君王。

　　我喜欢干净的色彩。我始终坚持好的作品首先是美的，那种狂乱的、具有各种情绪表达的作品也许有其他的说服力，但如果达不到美的程度，那种生命力总是可疑的。作为油画来讲，我认为色彩的饱和度和纯净度，都清晰地透露出画家的内心诗意和表达意向。对我来说，我总是迷恋那种高纯度的、通透干净的色彩。它们在画面上轻灵、柔和，无限惆怅又明亮高远，并且，总是有一种宁静的内敛，于是，忧伤的意味淡淡而出。这种忧伤不是平常我们所说所见的那种伤感的灰调子的情绪，而是一种幽静的、美的怜惜和懂得，就像清少纳言在《枕草子》里说的那样：渐渐发白的山顶，有点亮了起来，紫色的云彩微细地横在那里……也比如东山魁夷的画，都是这种感觉。不久前我一再去看的那个画家的画，它们在本质上都是一样的。由此，在画布上，我逐渐明白我所要表达的到底是什么，这种探索类似于旷野跋涉，趋向柳暗花明。

至于我自己，也许正在接近透明。

借用清少纳言最喜欢说的那句话吧：这是很有意思的。

走 神

想起一件事。

还是在常州的时候，有一天中午和女友相约共进午餐，约好在市中心的南大街。

那天大家都放弃了开车。她步行过去，我有点累，就坐公交去，让她在新世纪商场门口等我。

等我办完手上的事准备出发，我发现时间已经有点紧了。车程一分钟的公交又等了十分钟，等得我心里开始焦急，我的女友已经到了接头地点，开始催我了。我正准备跑步过去，公交来了。

车上人很少，空座位很多，但只要两站就下，我就站着，顺便看车窗外的风景。窗外阳光明亮，照得路旁几棵高大的槭树平添了几分神韵。路上好像也很空，也许午餐时间已经稍稍过去，车子不多，几个路人零散地赶路。

我的目光不自觉地落到了高楼上令人目不暇接的广告牌上。

巨大的广告牌色彩鲜艳，那些明媚的女人笑颜如花，看得我发呆。我忍不住想，此刻的她们都在哪里呢？此刻她们是否也笑得如此灿烂呢？这些美丽的女子，她们爱过谁，谁曾让她们开怀大笑过，谁又曾让她们在深夜里暗暗哭泣过？

然后我看到车子停下，有人下，有人上，车子又开了。我还站在车上茫茫然地想着这些我完全不认识的女人们。

突然我看到女友的脸也在车窗外，她先是朝我灿烂一笑，随后朝我挥手示意。我也朝她挥手，我继续盯着她那张笑脸。突然，我发现她的笑容不见了，换上了一脸愕然的表情。我猛地发现我应该下车了，而车子早就离开了那一站，并且已经转弯过了市政府往人民公园开去。

这一吓我才清醒，天哪，我不但迟到，车子还坐过头了。我的脑子这才开始飞速地转起来，并且手在包里快速地找手机。还好，前面一站人民公园站紧靠南大街，我从那儿下，女友可以从新世纪商场穿过来，过马路便是南大街。我们可以直接在餐馆见面。

车子一到人民公园站，我就飞速地跳下来，直奔餐馆。我的女友一见面就把我数落了一通，又开始笑个不停，我自己也大笑不止。天哪，当时我看着她朝我又叫又喊又挥手，我还很淑女地朝她挥手，但就是不下车，把她急得还以为我被哪个坏人绑架了，原来只是我莫名其妙地走神了。

走神，我常常会这样不小心走神。有时是在走路，有时是在吃饭，有时是在看书，有时是在人群中。

在我的人生道路上，我是不是也常常这样走神呢，是不是因为这样，我才不小心把自己走丢了，把谁走丢了，把世界走丢了呢？

亲爱的朋友，你呢？你可曾走过神？

解　毒

不知道你们是否有过这样的时刻，一般是在下午四点左右，一天中最疲倦、最崩溃的时刻，一种灭顶的孤独感会从四面八方突袭而来，令人措手不及。

曾经有一段时间，每到这个时刻，通常是手上一堆乱七八糟的稿子刚刚处理完，我眼睛酸疼，头昏脑涨。一杯正山小种已经喝到无味。办公室里空气闷热浑浊，除了嗒嗒的敲键盘声，只有同事们一个个凝固在电脑前寂然的身影，好像一台台冰冷的机器一样。

当你抬起头来茫然四顾，骨子里深藏的忧伤突然就汹涌而出，就像中了病毒的电脑，一切正常运行的程序全盘趴下。整个人开始做不了事，烦躁不安，像困兽在笼中噬咬自己。

这种时刻，人不免会有一点难以言说的迷茫。在丛林一般的生活里或者职场中，人人都在添加正能量，仿佛只有打足鸡血，才能无坚不摧，时刻力求觅得食，不被食。现实就是如此骨感，完全不给想象留一点余地。忧伤得起吗？伴随这忧伤而来的，通常又会是对自己的一声鄙视，又来了！文艺青年真麻烦。

可是，这怎么能不令人忧伤？尤其是眼看太阳又一次要落山，美好的人生又这么悄无声息地滑走一天，在看不到人生的亮色时，感性而敏感的自己自然就开始一边怀疑自己一边怀疑人生。

假如你也曾有这样的时刻，一般你是如何打发自己的孤独感呢？

我一般是很想找人聊天，说不清是寻求一点安慰呢，还是需要一点批评，总之，聊聊也好。

然而，很难。这样的聊天似乎是最难的，很多内心深处的话语会无从说起。实际上，你也不知道找谁聊聊好。在这种濒临崩溃的时刻，找家人你会不忍心，怕他们帮不上忙反而会瞎担忧，更增加彼此的心理负担。其实你很清楚自己只是"世上本无事，庸人自扰之"，但一时情绪，仅仅只是想倾诉。

那么找朋友聊？

现代社会，谁不是在奔波忙碌，谁有时间和心情听你传播负能量？面对关系一般的朋友，你既不知道该从何说起，也不好意思把自己的脆弱大方地袒露在对方面前。只能不痛不痒地说几句，有时候说完以后可能会更加孤独和失落。

找闺密聊？或许是可以的。但闺密自然是太了解你的人，知道你间歇性疑似抑郁症发作，安慰你的套路大家早就熟悉，三五句下来，谁也没耐心再装下去，彼此笑骂一番，也就匆匆结束。好朋友之间大事可以两肋插刀，情深义重，小情绪最终还是轻描淡写，毕竟这种时候别人大可不必太当真。太当真，朋友也会累。

最后，或许还是找个"蓝颜"聊天的治疗效果要好于闺密。蓝颜们普遍会耐心一些，即使他们正在忙碌，一般也会抽出一会儿时间，做你的听众。有时候，还会变成心理医生或者人生导师。当然，前提是，这个蓝颜与你同频。

如果不是这样，要让一个似是而非、面目可疑的异性来抚慰你的郁闷，是一种危险的想法，搞不好他们会在你的郁闷当中掺入绝望，最后让你彻底崩溃。

但最危险的也许还是的确安慰了你的优质蓝颜。一次可以，皆大欢喜。如果你视之为救星，第二次又来，甚至还有第三次。或许还没到第三次，小心你短暂的郁闷会迅速转向，变成新的烦恼。所以通常一份朴素长久的友情，无论是同性还是异性，都还是要注意边界，不可轻易失控。人生最可怕的事，不过也就是失控了吧。成年人，在漫长的人生旅途中，总是要独自一人控制自己的人生，为什么人最终是孤独的，恐怕也只因如此吧。

或许此时会有朋友提醒我，还有爱人呢！是的，爱人在相爱的那一刻一定是可以彼此安慰的，一定是最温暖贴心的，这就是爱情最迷人的地方吧，只有爱情会让一个成年人忘记孤独。可是亲爱的朋友，如果你真的拥有一份美好的爱情，一般来说，这种下午或傍晚时分会是一天中最值得期待的甜蜜时刻，需要避免被孤独、茫然和忧伤毁掉。所以，不说也罢。

其实，我相信还是有最好的朋友是可以安慰你的。比如那种充满智慧的真正的朋友，有时候你向他或她倾诉，或许只需要他或她一个温暖而鼓励的眼神，或是安静的倾听。只是这种友人，可遇不可求，只能看各人的造化了吧。

如果生命中确实难以相遇，我劝你最终还是去看看书吧。

绝大多数时候，这种让人难以承受的时刻，我最终还是会靠近一本书。一本又一本书，书里会有丰富的灵魂、美妙的世界陪伴你、安慰你，最终指引你去往更加安宁的地方。

当你的心开始安宁，你会发现，最终你自己才是你最好的朋友和爱人。

你可以在那一刻要求自己站起来，给自己重新泡一杯菊花茶。清爽又略带苦涩的菊花茶，应该有很好的镇静作用。一大口喝下去，清香甘洌的液体可以在体内浇出一条路，你再顺势做个深呼吸，检验一下刚才好似中了毒的电脑一般的自己，然后安静地杀毒，删除一些已经被涂写得面目全非的文档，一些永远画不上色彩的文档，还有一些杂乱模糊的无法命名的文档，连同那些夹杂在中间横行霸道肆无忌惮却又花枝招展的小臭虫们，统统彻底清除，然后重启，再建一个美丽新世界。

好吧，我们不要害怕随时可能会来的崩溃时刻，也不要害怕那一刻茫然四顾、无处可依的孤独。你要相信，中过毒的电脑，一般都会小心地装上防毒软件，建起防火墙，及时升级换代，最终，你会成为最好配置的自己，也会遇上那个避免让你孤独忧伤的最好配置的他或她。

向美而行

午睡的时候看到网上有人写小林老师——一家书法美育教室创始人。

他们嘲笑她在京城教书法要价最高。两周一堂课，一年也就二十来堂课，收费近两万元，想学的人还得经过筛选入围，学员位置一席难求。又说，她的字写了那么多年毫无进益，只有九岁孩童的水准，直言种种不值。

小林老师和她的美育教室我关注了很久，她不仅教书法，还开展一些生活理念、哲学、美学教学，同时还传递养生修心知识，也推广一些自创的美物品牌，比如服饰，比如笔墨纸砚。这些东西我都看过，包括她的文字书画。应该说，确实都是很美好的事物，会让人向往。怪不得做她的学员需要过很高的门槛，据说有成功人士日理万机，但一个月中的两个周末，还是很上心地要坐飞机去北京上她的课，并且课后都会很听话地完成作业。作业并不是写几张书法作品就算完事，还要写心得体会文章，做 PPT 交流分享，整体是一种全方位的心灵和技能共同成长的方式。

人们需要的或许就是这样的氛围和圈子。小林老师的字怎么样，其实不是行家也很难去评价。只是凭直觉能感受到其意境，技法有多好不清楚，但表面看起来赏心悦目，能不能高价行走江湖那也是市场的事。至于和九岁孩童不相上下的说法，也似乎有点过于贬低她了，除非这孩童确实也是书法功底扎实并且有一点天赋。又有人说她的字路子邪，并一一标出其中很多笔画笔触的松散不到位，以此证明她底子不行，走的是捷径。因此指出她临了多少年的颜真卿也好褚遂良也罢，都没能真正融会贯通。说得也有一定道理，但又如何呢？学员们照样趋之若鹜，而且看起来都深深地享受其中。有一些学生在网上分享和她同质地的生活场景、书法作品、思想感悟，一样也成为受人追捧的网红。人们还是很向往，也很容易被这种美学状态吸引或打动，甘愿投入精力物力，去靠近这样的状态。

小林老师本身很美，照片和视频里营造的氛围、呈现的状态以及个人的形象都是很好的。这可能也是她成功的重要原因。现在这个时代，人们有心去靠近一些美的、雅的、闲情逸致的，又从容淡泊的事物，这是必然的，也是值得肯定的。至于道行深浅，那真是一件随缘并且复杂的事，没有必要去苛求。听过小林老师为其书法美育教室所作的歌曲，叫《笔墨是小舟》。我觉得挺好的，词和曲都让人心安。古往今来，名士风流，出世入仕，初心归途，真真假假，谁能说得清？当下这一刻，你感受到了美，体会到了真，享受到了好，就可以了。这个世界很嘈杂，只能自己给自己定好方向，埋头前行。至于最终抵达哪里，都是造化，不必在意。

到底还有人是美的圣徒，随着自己的心在赶路，这一点，弥足珍贵！

终其一生，向美而行。

风烟俱净

　　凌晨的梦里遇到一个旧时女友，约我一起去逛街。梦里也知道大家已久不来往，彼此都有点陌生尴尬，但还像从前一样一起走过一家又一家店。她还是那种胆怯温柔的样子，轻声细语，又无比挑剔着商家的货物。

　　是在傍晚时分，天色将暗，街道寥落，很多老人在理发，她似乎和他们都熟悉，一一打着招呼，又回过头来静静地等我。而我离他们几步远，不是很愿意上前，手忙脚乱左顾右盼间背包好像搞错了，又发现鞋也掉了一只，心里的怨念升起来。是一个五味杂陈的梦境，很惆怅，醒来又觉得如释重负。

　　现实世界很纷乱、孤寂吗？人们才会做各种各样斑驳迷离的梦。或许是昨晚睡前一直在读周志文的书，他写他的家族往事，其实也是这样的复杂难言。他平静地描述着早逝的父亲、同母异父的姐妹、寄人篱下的生活、敏感少年的自尊和生存的挣扎，我能在字里行间深深地感受到亲人间的碰撞产生的疼痛，那都是一样的。然而周的文字没有一点控诉，甚至伤痛感也少，他写得很平缓、很结实、很安宁。

即使写到同父同母的姐妹和异父姐姐们彼此争斗，表面却还维持着一点情，对他却统一敌视，迎面相逢都装成陌路，周依然用沉静的语调，好像是个局外人或者旁观者，没有一点气恼和愤恨，后来还很诚恳地自省，说烦恼都自读书始，自己书读多了，是有一点奇怪，又有一种读书人的固执。

读到这里我几乎释怀了。是呀，很多事不必在意，即使是亲人，无论爱或者不爱，免不了都有冲突。少年时其实也并不明白，中年时才会有一点回味。年轻时，特别是读了一点书后，对世界就多了一份想象，对他人的期待又多了一点太过完美的憧憬。失望和受伤是难免的，看明白了就不必强求了。

每个人都有来时路，那些或开怀或悲伤的过往，那些和我们血肉相连或擦肩而过的人，他们都在我们生命里留下了或深或浅的痕迹。他们都是过往岁月的纹理，像水波在我们身上回荡，一点点轻敲出我们现在这样的面容，这样的神情，这样的心境。只是，人至中年，往事随风，看淡再看淡，不必纠结怨恨，也不必留恋、缱绻。你看，即使是成功的作家，也是这样过来的，或许痛苦更多更深，最终也会风烟俱净、任意东西吧。

突然就想到南北朝吴均的那篇《与朱元思书》了。我曾经几次在朋友圈默默地抄录他的开篇："风烟俱净，天山共色，从流飘荡，任意东西。"在我看来，这简直就是理想的中年心境啊！每个人的一生都如一叶扁舟，沿江飘荡。假如行至中途，终于能看到

一路风烟都已消散，天山都成一色，高山寒树，泠泠碧泉，鸟鸣
山幽，那是抵达了人生真境界了。

不过，必须承认，大多数人的人生下半场也并不会是多么轻
松的。身体的衰弱必然到来，很多事心有余而力不足，失去的必
然会失去，盼望的还需要更加努力去争取。中年以后，很多人还
需要像个战士，却也更需要像个隐士。真正能做到从流飘荡、任
意东西的人还是很少的。但最要紧的，不还是要去努力抵达这种
从容恬淡吗？

或许昨晚这个梦境就是在给我这样的暗示吧。或许我近来碰
巧读这些书，是上天在给我人生启示吧。

夜色如此美丽

这个城市的夜色如此美丽，虽然它早已被混乱的酒席淹没。

饭局，没完没了的饭局，喧闹的人群，虚假的表白，脆弱的繁华，暗语、谜语，真相、假象，酒精里盛开的嬉笑怒骂，急速而至又转瞬即逝的激情，杂乱有序，纵横交错。锦衣华宴，疼痛的麻醉，短暂的安慰。

像我这样总是躲在热闹边缘的人，也终究被推至灯火中央。红色的液体、金色的液体、白色的液体，在滚烫的血色脉管里奔涌。旋转的舞台，五彩缤纷，余音缭绕。被那种叫作酒精的物质点燃的感觉，是我的初体验，激烈而无法阻挡，如同突如其来的爱，带着你在悬崖边不顾一切地飞奔。

飞起来的感觉，并非如想象中那么美好。交出自己的重心，让自己变成一粒细小的尘埃，在空气里飘浮，到底只是冒充飞翔，只会很不安。可是，双脚已经失去力量，茫然的心，并没有正确的方向。日光消失的夜色里，无数个不安的灵魂在碰撞。而夜色，却因此而美丽。

　　在黑夜这张巨大的画布上，城市的一切灯火辉煌，我举着酒杯的手，迟迟也不能落笔。请你耐心等待，请你，帮我拿好那支画笔。你要明白，只要我还没有落笔，这夜色就依然是如此美丽。

月圆之夜

有月亮的晚上好似奇迹。

某年中秋之夜，大雨之后的夜晚，水洗过一般的天空澄澈透明。月亮高高升起，又圆又亮。云彩如花盛开，与圆月缠绵。

温柔的夜，一切都是值得期待的。

在这样的夜晚，人们似乎应该做一点虚度光阴的事，才算是对得起时光。

月色如水，月华满怀。你是否有想见的人，去见一见吧。穿过城市里交错的街巷，透过那些杂生的高低错落的树木，来到她的楼下，告诉她，今晚的风真是怡人，风中的花香如此醉人，你愿不愿下来，看一看我，看一看我眼里的光，其实和月光一样明亮。

这是月圆之夜。

每当月圆之夜，人间似乎应该完美一些。

传说中有位少年爱上一个女子，总想在夜晚到来的时候去看她。

　　然而相见时难别亦难，约会屡屡不成，一场爱情来得缥缈，去得迅疾。开始时没有来得及好好准备，因此结束时很想好好告别。于是两个人真诚约定，月圆之夜一定相见，但这次相约，只是为了告别。

　　告别选在月圆之夜，似乎也是一种圆满。

　　人生中很多事物其实是无用的吧，你我在人群中相遇，笑过，哭过，爱过，也恨过。悲欢离合，阴晴圆缺。来来往往，生生不息，或许仅仅只为梦境之上能再生梦境，繁花之间能再现繁花。

　　那个著名的文学坊间典故，日本人约会心仪之人，见面之下"我爱你"三个字太过直接唐突，于是浅吟一句："今晚月色很好。"真正是极致的东方婉约之美。

　　今晚月色也好，似乎是无意之间，我们来到江边。

　　月光洒在江面上，四周寂静无声，只有水鸟潜鱼在黑夜的水草丛里隐约显露踪影，也是悄无声息。我们不说话，只是抬头仰望星空，看天上日月星辰，灿灿天象，不似人间。

　　然而传说中的神仙都愿意偷渡到人间，凡人当然还是要留在人间。人间温暖亲切，人间众生喧哗，或许更有意思，不是吗？

　　回家路上华灯初上，车水马龙。不远的街道上空，燃放起巨大绚丽的烟花，伴随着清脆激越的爆裂声，把夜空照得异常明亮生动。城市的灯火灿若星辰，经过地道的时候，一列通明的夜行火车向远方飞驰而去，像一条欢快光明的小溪。

　　这是人间，一个有月亮的晚上。

　　月亮高高挂在天上，像一枚细小清凉的果实，又圆又亮。

　　这枚月亮，它曾照过苏东坡的赤壁，也曾照过朱自清的荷塘。今夜，它又来照亮我的小窗。

山中月照

早上醒来看到天色阴沉，就觉得今天要下雨。

阴沉的天气容易让人滞留梦境。这几天睡得晚，虽然心境平静，却难以入眠，早上又总是准时醒来。残梦里似乎还在质疑，仿佛生命的底色突然被揭开，有很多旧日家族灯火辉煌的时刻其实都是幻影，醒来不免让人怅然若失。

很快，雨就落下来了。

也是巧合，后来无意中翻到友人书，没想到他在散文里很有勇气，写得坦诚而真挚。那样满面春风举重若轻的人，平日我们看到的都是风光和成功，在文字里也会透出往事沧桑。这些文字写得一唱三叹，我几乎从中看到了少年的自己，也看到成年的自己，那些从来都深藏不露的忧伤和痛楚。

不得不承认，我在文字里一直没有如此的勇气。记忆里的芒刺都被抚平、收拢、隐藏，呈现给别人一个岁月静好。可是，哪有真正的岁月静好，谁的人生没有伤痛和困境。有多少时刻，小小的我陷入恐惧、慌乱，茫然不知所措。岁月也曾黑云压城，而我无法挣脱。那些记忆并没有忘却，甚至更加清晰，只是有意避开而已。哪怕时至今日，办公楼里、城市街道、梧桐树下，灯火梦境，那种徘徊和苦闷、困惑和不安，一样也是挥之不去、躲之不及的。然而我们常常只是在心中反复咀嚼自己的烦恼人生，看到他人的大多却是平静和光环。生活在别处，幸福也总是在他人的笑声里。我看他写灯火，别人家的灯火都显得平静、温馨，幸福无比，自己家的灯火里种种烦恼却扑面而来。都是一样的。谁都穿着一件生活这样华美的袍子，袍子上或多或少都爬着些虱子。

　　我好像突然进入他文字的秘境，在同一座山中，旧时月色静静照耀。恍然间想起，古老城门楼台下几度经过，茫茫人海，如大雪纷纷飘落，很多人却从未相逢。突然心中就浮出两句："山中月照曾相识，楼外雪落不相逢。"感怀文字，也轻叹人生，很多心情无法言说，只有沉浸书本，与书中情绪一同坠落，轻轻脱离日常凡身，略作一刻空蒙的停顿。

　　读书是会这样的。有一次看成都一个女作家也写道，平时有着严谨平稳的外身，但有时内里也会突然被抽出一些碎片，形成一种轻微的摇晃，遭遇一种短暂的下坠。在坠落的过程中，她说她会和日本作家太宰治相遇，产生共振，进入一种"空蒙之渊"。"空蒙之渊"正出自太宰治的一部小说。最后，她自己再拾掇拾掇，把那些平日里很坚固的，此刻有些松动的碎片所引起的抽离和垮塌、坠落和对撞慢慢消化掉，渐渐回到表面的坚固和正常。似乎每个写字的人都会有这样坠落的时刻，最后大多都学会了从容面对。这是有一些无奈的，又是有一点庆幸的。还能怎样呢？淋漓的摧毁是一种勇气，也是一种任性，更是一种真正的虚无。

友人的散文让我想起台湾作家周志文。还是上面那位女作家，好几年前写过一篇文章，解释周志文这么好的作家为什么不红。还是巧，我这几天正好买了几本周志文的书。读来和今日所读友人书质地颇有相似之处。周写台湾的宜兰、眷村，写家族往事和少年记忆，丝丝透露出生命的原味，斑驳迷离，五味杂陈，与友人笔下的姑苏、金陵、家族记忆一样一言难尽。很多事仿佛都是宿命，也有因缘。反观我自己，当下这一刻并不是现在到来的，历历过往，现实种种，都在一路上渐渐冷却、平静，如同这个雨天，给往事穿上了一件雨披。

对的，下雨天就好好穿上一件雨披。我们不再像青春期那样一定要在雨中赤足狂奔，人总要学会自我安慰，和他人无关，只是与岁月和解。

尘世间的独行者

　　读格非的小说是从他那篇《蒙娜丽莎的微笑》开始的，2007年第五期的《收获》杂志上，这篇小说作为当期头条出刊。读罢真是百感交集，怅然若失。近十年间，又陆续重读了三五遍。每次读完，依然是那种白茫茫一片的、说不清道不明的存在和虚无感。

　　小说描述了20世纪80年代初期，在经历了一个时代与知识的断层之后，一批知识分子重新回到大学校园。"我们班，有一个名叫胡惟丏的奇人。他的年龄比我们大个四五岁，落拓不羁，一副名士派头。"然而小说中的他比一般人思维深刻，使得他远远地超越了人群。

　　小说刚开始时，众人仰慕胡惟丏，老教授们都想要他入自己门下，同学们更是视他为"大神"。渐渐地，精神和现实的种种背离都开始在他的身体里扭曲和奔袭。到最后，他已然与周边的世界格格不入。作为一个尘世中的独行者，他越来越隐逸出热闹的人群，终于在一个下着大雪的深夜，从高楼纵身一跃。他的遗体很快被雪覆盖，隐喻着一个时代的终结，世间再无胡惟丙！

人应该如何活着？知识分子应该如何坚守自己的内心？世界到底是存在的还是虚无的？太多太多问题，而我们对这个时代最终走向的思考或许是这篇小说让我们百感交集的根本原因。小说面世之后，人们纷纷把胡维丙投影到 20 世纪 90 年代跳楼自杀的上海评论家胡河清身上。胡河清生前正是格非的好友。不可避免地，格非这篇小说全篇浸透着一种深沉的哀伤，这是对曾经有过丰盛繁茂的人文精神岁月的凭吊，也几乎是致随那个年代一起消逝了的一代知识分子的一曲沉郁的挽歌。

不久前，格非来南京开讲座，我终于有幸和他面对面聊了聊这篇《蒙娜丽莎的微笑》。对于小说中这种强烈的存在和虚无的拷问，格非是这样说的：我们今天的社会是绝大部分人朝一个方向走，但是有一小部分人朝相反的方向走，某种意义上比 20 世纪 80 年代有所进步。20 世纪 80 年代是所有的人朝一个方向，只有一两个人朝相反方向，这一两个人因此很惨。因为他完全没有能力生活在那个急剧变化的时代，一旦这个社会在剧烈的变革中抛开了曾经存在的那种理想化的保护，他突然就不知道该如何生存了。格非引用了他所喜欢的诺贝尔奖得主、意大利诗人蒙塔莱曾写的一首诗来进一步解释，大致意思是：如果有一天清晨，他和所有人都朝着一个方向走去，突然，他回过头去，看见了身后一片虚空。当他心里怀着这个秘密的时候，他的生活就不一样了。

这次和格非短暂的交流，让我伤感地明了，人生路上总有人会回头凝望来时之路，所以这个世界上也总有人会远离潮流，选择孤独。

为什么这篇小说以《蒙娜丽莎的微笑》为题？显然，值得深入回味和解读。众所周知，《蒙娜丽莎的微笑》是欧洲文艺复兴时期的达·芬奇的名作，流传于世，举世闻名。在小说里，也多次说明了胡惟丐脸上那种神秘的微笑。但读者们也很轻易地联想到了20世纪80年代的中国，在巨大的变革之后，很多东西重新解冻、复苏，思想和文化再一次不可阻挡地蓬勃生长，呈现出一片热烈繁盛的景象。但是这场至今让人记忆犹新的中国式的"文艺复兴"并没有持续多久，仿佛是阳光穿过厚厚的云层，顽皮地朝我们眨了一下眼，神秘地微笑了一下，又飞快地溜回去了。一个时代就这样黯然消逝在突如其来的下一个时代的浪潮中，人们纷纷被裹挟着跟随市场经济的车轮向前奔去。

小说的结尾写道："我们班上是否真的有过一个叫胡惟丐的人？他和我们同学四年，却似乎真的从来没有存在过。他在一个大雪纷飞的夜晚悄悄告别了这个世界，什么痕迹都没有留下来。我甚至已不记得他长什么样了。唯一还能想起来的，就是他脸上暧昧古怪的笑容。"然后，作者别有意味地用下面这段话结束了全篇小说："它是一种矜持的嘲讽，也含着温暖的鼓励，鼓励我们在这个他既渴望又不屑的尘世中得过且过，苟安偷生。"

"渴望又不屑"，深刻地指出了胡惟丐尴尬而无奈的精神局限，也是那一代知识分子必须共同面对的现实窘境。那一群人短暂地获得了属于他们的年代，岂料昙花一现，世界重新出牌。无所适从的他们，只好跟随人群走入现世。是谁怀抱着理想转过身去，独自远去？

永远的少女

女作家中，我对萨冈的感情最为复杂。

她是最理直气壮地宣称要过一种浪荡生活的女子。就像一个不谙世事的孩童，一脸天真地告诉你，我要玩，我就想要疯狂地玩。在她的作品里，萨冈借着女主人公之口大声宣称："我考虑着，要过一种卑鄙无耻的生活，这是我的理想。"她还写道："我一下子明白到，我的天赋更多地在于在明媚的阳光下拥抱一个小伙子，而不在于攻读一个学士学位。"

这就是萨冈，一个率性地要把甜点当成正餐，要把奇迹当作生活本身的才情女子。

1935 年 6 月 21 日，弗朗索瓦丝·萨冈出生在法国南部洛特省卡雅尔克市，原名弗朗索瓦丝·夸雷。因家境富裕，她应该是与生俱来懂得享受生活的那一类人。这样的人通常是不会愿意寒窗苦读，追逐功名的，这一点和《红楼梦》里的宝玉极为相像。

他们的人生本就开始在明亮灿烂的富贵之中。对他们来说，苦大仇深般的奋斗，以及削尖了脑袋改变自身命运的人生道路是极其恶俗的，他们是不屑一顾的。他们追求的是及时行乐，享受生活，因为再好境遇的人生也是苦短的。然而，享乐到了一定程度，就会走向虚妄，这或许是人生的一种公平。

毫无疑问，小时候的萨冈学业一塌糊涂。她十二岁时因不求上进被学校开除，后来又在中学毕业时会考不及格，考大学完全无望。但同样公平的是，坏学生通常也是别样的天才。对萨冈来说，小小年纪就在巴黎这个艺术之都里流连，喝酒、跳舞、听爵士音乐，一本本地读着萨特、普鲁斯特。我想她应该在很早的时候，就明白了只有靠近文艺的带有迷醉气息的美妙事物，才能获得特别的安慰和快感。写作是她的天赋，也是命运赐予她的一手底牌。她的创作道路可谓一帆风顺，十八岁那一年，她以普鲁斯特小说里的亲王夫妇的姓氏"萨冈"为笔名，只用一个半月就写出了处女作《您好，忧愁》。初出茅庐的她还获得了批评家奖，从而一举成名，顺理成章地成为千万富翁和专业作家。

某种程度上，成名后的萨冈仿佛永远停留在她十八岁的那一年，永远活在不怕犯错、纵情肆意的青春期里。

从留存的照片看，萨冈常常短发，清新动人，像个俏皮的小男孩。她的文字一样简洁自然，明快活泼，习惯用一种轻松的幽默淡化生活的重负，即使是面对忧愁，也要说一声你好。

但在轻松的外表下，在富足生活的华服下，依然可以从她的作品里看到这个世界的空虚和无聊。她笔下的人物大多来自中产阶级家庭，物质富足，精神空虚，只能从爱情或者情爱中寻欢作乐，最终走向更大的虚无。《你好，忧愁》如此，《某种微笑》如此，《您喜欢勃拉姆斯吗》也是如此，这也许正是当时法国社会的精神缩影。人们在物质生活达到一定高度以后，需要另外一种热情来面对生活，而他们往往选择所谓的爱情或者情爱。但大部分爱情或者情爱就如灿烂烟花，昙花一现，转瞬即逝。最终，人们不得不面对自身的局限和生命的无常，对于无法停留和无法把握的激情，只能听之任之。

空虚和无聊、纵情和极乐，这同样是萨冈的内在对照，也是当时无数年轻人的共鸣和困惑。

成名后的萨冈依然放荡不羁。她沉溺抽烟、酗酒，得了肺病依然如故。她热爱赤脚飙车，结果出了一场严重的车祸，被撞伤了颅骨，差点送命。她还热衷于狂欢晚会，嗜赌成性，花钱如流水。作品那么热卖，收入那么丰厚，但她的生活仍入不敷出。最要命的是她吸毒成瘾，经常牵涉到一些税务和毒品的案件中去。种种劣迹让她成为法庭的常客。1995 年 2 月，萨冈由于转让和吸食可卡因而被判处缓刑一年的监禁。

在感情生活中，人们对她也是颇多非议。如同她在小说里叙述的，她把爱情视为一种"病态的迷醉"，并坦言自己爱一个男人只能持续三到四年，绝不会更长久。她同第一个丈夫离婚后，二人仍然同居了很长一段时间，她说："单身汉比结婚男人更迷人。"她与第二个丈夫生了一个儿子，最终二人还是离婚了。

然而像萨冈这样的女子，在社交场上依然是引人注目的。她与法国前总统密特朗的关系，也是人们津津乐道的事。1981 年密特朗入主爱丽舍宫之后，传闻他每个月都要到萨冈家里吃上一两顿饭。两人一边享用美食，一边谈论文化和艺术，度过了一个又一个愉快的美好时刻。但有一天萨冈心情不好，密特朗又没有打电话预约，总统先生在门外苦苦按了很长时间的门铃，萨冈都没有给他开门。

如此种种，大家都认为萨冈是一个天真轻率的人，是摸到一手好牌却最终被她打得稀巴烂的人。事实上，我觉得不如说她一直都是个天才，也是一个无法负责任的孩子，她只为她的快乐而活，她想怎么做就怎么做，她比谁都活得真实。

或许宝玉那样的男子才会成为不染尘埃的贵公子，萨冈这样的女子，才有资格永远做个任性少女，永远做个可以被原谅的孩子吧。

在萨冈生命的最后时刻，她债台高筑，被法庭预先扣押了她以后所有作品的版税，并再次被判处一年监禁，缓期执行。法国的文化界人士迅速为她发起了一个请愿运动。他们认为萨冈虽然欠国家的钱，但是她的作品对国家的贡献更大，所以法兰西欠她的更多。

尽管如此，他们仍然未能挽救她的命运，萨冈最终破产。两年后，也就是 2004 年，一代才女弗朗索瓦丝·萨冈因肺栓塞在法国的翁弗勒去世。

从此以后，我们只能与她在她的作品里相遇、相知。

爱情天生是你的灵魂

1996 年 3 月 3 日，享誉世界的法国女作家玛格丽特·杜拉斯在法国圣·贝诺特街五号四楼的家中告别这个世界，留给世人大量的作品和情爱往事。

我们几乎都是从《情人》认识杜拉斯的，有哪个文艺青年没有读过这部作品？即使没有读过，也一定熟知这部小说著名的开头：我已经老了，有一天，在一处公共场所的大厅里，有一个男人向我走来。他主动介绍自己，他对我说："我认识你，永远记得你。那时候，你还很年轻，人人都说你美，现在我是特地来告诉你，对我来说，我觉得现在你比年轻的时候更美，那时你是年轻女人，与你那时的面貌相比，我更爱你现在备受摧残的面容。"

不得不说，杜拉斯之所以是杜拉斯，看看她这些文字，就可以感受到她的与众不同。

她的一生，充满爱，充满才情，充满传奇。

1914 年 4 月 4 日，杜拉斯出生在越南西贡，也就是今天的胡志明市，一个阳光热辣、草木茂盛、东西方文化杂糅的地方。很多年以后，一生中经历了多次爱情的杜拉斯，回忆起少女时代在这里发生的初恋往事，写下了那部著名的作品《情人》，荣获了当年的龚古尔文学奖。当然，此时的杜拉斯在文坛早已获得盛名，而《情人》让杜拉斯风靡全世界。她的名字和作品，在当时几乎就是时尚和情爱的代表词。

和所有美貌而有才情的女作家一样，杜拉斯的一生就是向爱而行的一生。但她无疑是幸运而幸福的。同样的浪漫不羁，同样的绯闻不断，比她小二十多岁的萨冈所受到的非议就要多得多。人们看待杜拉斯的情爱生活，更像是崇拜一种华丽的传奇。的确，年少时的爱情也许都差不多，而杜拉斯的境遇所不同的是，直到美丽尽失的老年，她依然被二十多岁的小伙子深爱，直到停止呼吸。只有她，在爱情里享受了生命的全过程。也只有她，在七十岁的高龄，依然能写出激情饱满、充满爱意的《情人》。

她说，我在世界上最爱的是你。胜过一切。胜过我所见过的一切。胜过我所读过的一切。胜过我所有的一切。胜过一切。

她说，没有爱的时间是无权被记住的。

她说，我遇见你，我记得你，这座城市天生就适合恋爱，你天生就适合我的灵魂。

她说，如果爱，请深爱，爱到不能再爱的那一天。

想想看，这是多么浓郁炽热的一个女人，她的身体里有着多么强大的爱的力量。

对于萨冈来说，终此一生只是个孩子。对于杜拉斯来说，自始至终都是个女人，而且是个强势的女人。在爱情里，她是占主导地位的。即使是在老年的忘年恋里，那个年轻恋人安德烈也只是她的爱的追随者，她才是爱情里毋庸置疑的君王，绝对掌控着爱的走向。

人们都好奇这样的女性作家是否会是一个女权主义者。对此，杜拉斯并没有在口头上承认。但在她的作品里，女性意识的浓烈是相当鲜明的。她的作品，从处女作《无耻之徒》到对文学女青年们影响深远的《物质生活》《广岛之恋》，总是用女人的视角来面对一切，也用女人的思维来思考和解决问题。

事实上，爱情，疯狂绝望，不顾一切的深爱是杜拉斯文学作品中最重要的主题，其他许多主题不过是在此基础上为其提供各种各样必要的服务。只有爱情，才是她的作品，乃至她的精神和生命的光芒。杜拉斯作品里的角色几乎都不是社会主流里的人物，他们仿佛游离在社会边缘，只为告诉人们如何相爱。

或许这也是杜拉斯被现实世界里的男女广泛接受的原因。她把人世间最原始、最本能的欢乐坦然地展示给了人们。她在她的世界里给大家提供了一种可能，那就是不再被禁锢的没有束缚的爱。她告诉尘世里的饮食男女，食、色，性也，生命最好的存在，就是满足这些欲望，而所谓的道德，不过是社会强加给人类的一种反面的痛苦。

不可否认，杜拉斯的小说是极为先锋和坦率的。她对人性的表达，使她的文字透射着一种近乎纯洁的生命之光。

然而，无论多么深爱，多么超然众人，兼具美貌和才情的女作家似乎都逃不过孤独的宿命。一生都沉浸在爱里的杜拉斯，依然无法排解内心的孤独。她酗酒，甚至因之几度昏迷。难道爱情最终也还是无法拯救一颗寂寞的灵魂？

一生写了那么多部作品的杜拉斯，最后一部作品是《这是全部》。

最终，她宣称，她已经一点不喜欢谈论爱情了，爱情已不再使她感兴趣了。她说，我是作家，其他的都尽可忘掉。

杂　质

　　一个女人，颜值低，出身差，手上一张主牌都没有，这样的
人生牌局，她该怎么办？

　　近日无意中阅读了裘山山的小说《琴声何来》，跟随着作家细
腻的笔触，与这样一个女子相遇，感受着别样的人生滋味，体会
着不凡的心路历程，思绪万千，感慨不已。

　　她是贫穷落后的小山村里考出来的女子，长得丑不说，脸上
还带有一丁点儿的缺陷，颜值几乎降到了负数。即使是在女生极
为稀少的大学校园里，她也没有得到过哪个男生的青睐。他们嘲
笑她，甚至捉弄她，视她为异端。毕业时，班上既肤浅又丑陋的
普通男生抱着拯救她的心情去向她示好，人们认为她应该感激涕
零，可她竟然断然拒绝。所有人都无法理解她的倔强和清高，纷
纷猜测她是否在暗恋校园里"男神"级别的人物，对她敢于有如
此自不量力的念头，他们感到无比可笑和厌恶，其中也包括那个

"男神"。尽管那个"男神"有着极好的教养和风度，对于她也唯恐避之不及。

这样的一个女人还有未来吗？事实上，二十多年过去，当年的同学们，平凡的也好，出众的也罢，大家普遍走上了生活的庸常轨道，过着一地鸡毛般琐碎而繁杂的生活。"男神"的身边已然换了很多人，各种各样美丽的女子经过他的人生，又离他而去。离婚后的他，因为事业有成，风采尚存，虽然人到中年，却依然是这个世界的"抢手货"，所谓的"钻石王老五"。她呢，多年情感生活空白，年龄渐增，即使事业多么出色，也还是被众人视为升级版的劣质品，很难获得爱神的青睐。然而生活总是阴差阳错，这样的两个人再次相遇了。男人从本能的戒备，到不断试探和接近，最终被她深深吸引。其中的况味，或许是要人到中年才能体会。

人为什么会需要情感，爱情和婚姻到底该如何选择才是适宜的幸福，这或许是人类长久以来最好奇的命题。当然，这很难说得清，每个人的感受不同，也因此甘苦自知。但人和人相处，你需要一个什么样的人相依相伴，年轻时不懂，人到中年，渐渐地，每个人心里或多或少都会明白。小说里的男主人公就是这样一个不断了解自己也不断了解异性的人。当他逐渐地明白，在他生命中出现的那些"白富美"都无法让他感到踏实、温暖和安宁，也无法与他的灵魂相通，与他的内心共振时，他渐渐地懂得了她——一个通透、坚强、坦然大方的女子有多么珍贵。最主要是她能懂他，能理解并感同身受他内心深处的不安和渴望。她能与他的痛苦相连，彼此安慰。每一次，他从他的生活中感受到无趣和压抑后，他总是会想起她。只有与她在一起，他才能获得那种深沉的安静，仿佛能沉到河流的底层，去感受人生里泛起的每一朵浪花，去体会活着的种种情趣。也许一个成熟的男性，只有到这个时候才明白自己想要什么样的生活，而这样的生活，只有什么样的人才能和他一起创造。

无疑地，长期的独立生活和坚持不懈的努力，带给了这个女人丰富的学识和对生活的坦然从容。她好像从未被发过什么"好牌"，因此也没有什么可担心失去的。这么多年的生活，她已经学会了不向生活去索取，而只是安静地尽量去做更好的自己。岁月摧毁她的容颜，却又给她镀上了光泽。岁月还让她更加从容和沉着，让她懂得怎样为自己的内心活，活得单纯而执着。他们在深夜里长谈时，她对他说："化学中有一个神奇的东西，它不溶于酸，不溶于碱，不溶于盐，不溶于有机物，它水火不侵，百毒不伤，无论是在喷灯上加热，还是通上高压电，都毫发无损，它拥有最稳定最优秀的化学性质，却总是被人遗弃。它的名字叫杂质。我感觉，我就是一粒杂质。"

这简直是太让人震撼了。一个女子，水火不侵，百毒不伤，那该活得多么坦然和洒脱，那种对于生活的掌控是多么强大。别的女人拥有的外在条件她几乎都没有，但她却拥有了一般女子所没有的理性和坚韧。好看的人或许有一天会看腻，内心充盈的人却永远不会失去魅力。当他开始在情感上对她产生依赖，他感觉她仿佛是个女神，只是借着一个简陋的躯体来到了人间。他终于能看破外表的虚华，深刻地感受到能和她一起生活是他的福气。

这是多么美好的一种情感关系。只可惜作家最终为了设置一种出乎意料的结果，突然把这种美好的情感关系拐了个弯。虽然对于小说来说，这也许是一种别致的创意，但对于读者来说，仍不免为他们最终的错过而深感遗憾。我相信那只不过是为了小说情节的曲折特意设置的，而情节转折略显生硬。

这是一篇从男性的视角去体会爱情和婚姻之道的小说，写得流畅而打动人心，带劲而励志。小说的男女主人公都设定为心理学研究学者，从中大量地探讨了人类的内心和情感需求，也细致地剖析了男性的生理和心理需求，女性的自我提升和完善。作为一个女性读者，是能从中感悟到一些道理的，比如一个女人如何活着会更好，无论你的外在如何，无论你出身如何，其实一切都没有想象中那么重要。最终的路如何能越走越宽，重要的是你如何选择，如何坚持。

世界也不过如此

她在十岁的时候就相信，她会比山村里任何一个女人都走得远——比那些去上海、南京的棉纺厂做了女工的女人走得远，比20世纪50年代跟着"土改"队走了的女人走得也远，比60年代考上同济大学的女人走得还要远。

她成功了，从闭塞落后的小山村里一步步走出来，去到南京、北京，又到了美国。这一路，她跟随内心渴求，沉溺于激情，伴随着身败名裂，亲手打破自己千辛万苦追求得来的现世安稳。几乎是踩着一路的碎玻璃，鲜血淋漓地抵达世界的另一边。她希望有更大、更好的世界在前面，有更好的男人等她去爱，最终却发现一切不过如此，于是陷入厌倦和失望。

她不知道该拿自己的失落感怎么办，不知该怎样对付时常出现的黯然神伤。她深知自己的内心涌动着一座火山，随时可被点燃。她对自己感到恐惧，却无能为力。

　　而此时，有人在网上频频给她来信，赞美她诱人的女性魅力，好像只有他闻到了她在黑夜里散发的花香。他说："你身上隐藏着对男人的默许，幸好只有极少数男人能看到它。"他大加赞赏她的衣着打扮、她的漫不经心的性感，表示深深理解她的寂寞和渴望。

　　他甚至不断变换身份和性别，用语言挑逗她内心那危险的难以压制的情愫。"望远镜把你拉进我怀里。这是我的胸膛，还够宽阔吧？这是我的肩膀，还够结实吧？这是我的皮肤，有一股经常晒太阳的气味，并且体温偏高。你的手上来了，手掌那么清凉……"

　　他的语言排山倒海地袭击了她的灵魂，如同一场海啸。

　　她惊讶、慌乱、恐惧，甚至愤怒，却依然敌不过好奇，敌不过内心深处被深深挑动起来的汹涌的情欲和激情。

　　她在矛盾、纠结中期待他，拒绝他，又期待他，忍不住一次次对他倾诉，向他坦言自己不可告人的过往。让她的丈夫格兰含蓄地对面色潮红的她说："其实网上的倾诉等于和自己谈了一场恋爱。"可她都顾不得了，管不了廉耻，管不了现实，她再一次不顾一切地豁出去了。

　　这样的不管不顾对她来说不是新鲜事。

　　她曾经的生活、曾经的婚姻都来之不易。她是她们那个小村庄方圆几百里唯一考上军事外语学院的女孩。那年她十六岁，是考生里最年轻的一个。　她的前夫也是她自己追求来的。可这一切在遇到异国来的男人格兰后迅速崩塌。

　　当格兰以奇妙的声调在课堂上说出"我爱你"时，她就开始走火入魔。

　　她被他的异国情调和绅士风度深深吸引。她对网上的密语者描述，格兰总是为两个人点六个人的菜，付账的时候，"格兰并没有停止嘴上的轻声谈笑，眼睛也没离开她的脸，右手伸到西装左侧的内兜里，抽出一个黑色皮夹。他还是那么漫不经心，以食指和中指夹出一张信用卡，向上一抽。动作小得不能再小，却是挥金如土的动作。他还在跟她谈话，偶尔纠正一下她的英文句法，在此之前总是先温存地道声对不起。服务员把单子又捧回来，他从口袋拔出笔，落在账单上。只见他手腕动了几下，再有力地往斜上方一提，完成了一个签名。完成的，是一个绅士风度的、神气活现的形象写照……"她坦言："格兰，这个年长我二十多岁的美国男子，打破了我已知的世界，打开一片广漠的未知。在那片未知里，每一个眼神、每一个触碰都有那么好的滋味……当我们最后的防线崩溃时，我觉得我可以为之一死。"

　　她就是这样一个有着危险性格的女人，内心的火山涌动着种种不安和激情，不断寻求着突破。然而，当她千疮百孔，身败名裂地奔赴异国他乡与格兰成婚，开始一种新生活时，她竟然再次疯了一般地爱上被她抛弃的前夫建军。当建军和格兰对调了位置，建军好像突然变成另一个全新的男人，再一次使她着了迷。因此，在她即将离开中国的前一周，她与他缠绵难舍。

　　她在痛苦中也在想：自己到底是谁？

　　她意识到一个男人对她是不够的，远远不够。她总是在无意中编织错综复杂的关系，总要把有名分的、非分的，明面的、秘密的关系打乱重编。她只能在一团糟的关系里获得满足。因为这迷乱的关系总是指向神秘而未知的不确定的方向。她知道她这样一个小村庄来的女孩，向往遥远，向往一切陌生的事物和人物。不顾一切追求来的男人也好，千辛万苦得到的生活也好，一旦得到，就渐渐开始失去激情，渐渐变得沉闷无趣，让她感到麻木。

她把这一切都倾诉给了那个不断来信的密语者。

那个密语者就这样用语言一次又一次勾引她袒露了自己，而他却一直躲在屏幕后不动声色地窥视她的一切。她发了疯一样想找出这个人，这个人已经彻底撕掉了她生活的彩衣，让所有埋藏在底下的失望和不堪展露无遗。她知道自己的生活已经又一次完全被摧毁了。

于是她一次次去赴约，然而一次次遇到的却恰好都是自己的丈夫格兰。

当最后一次去赴约时，她在心里几乎再一次坚定了宁死也要去爱的信心。不管明天谁和谁成了敌人，谁又和谁和解，只有她是不变的、永恒的，只有她总是要爱下去的。她带着这种不再需要任何退路的激情，决定明天就把这个约会告诉格兰。悲哀的是，她不知道明天必将遇见的依然还是她的丈夫格兰。

生活对于她，永远都是一场扮着可爱鬼脸的恶作剧。

或许一切就是这样，毫无办法。

格兰一次次给她留字条："我总是令你失望。"密语者在网上一再说："我总是令你失望。"有同样拼写错误的单词"失望"，也一再被她漠视了。她漠视了男人的无奈和疲惫，执意在婚姻里越走越远。他漠视了女人从肉体到灵魂的挣扎，冷眼旁观。

严歌苓的《密语者》，用无比精准细腻的文字，讲了一个非常残忍的故事。一个固执地追随着自己灵魂感受的女人，在现实里被赤裸的无趣淹没，在暗地里，又一次次被撕掉普通人正常生活必要的掩护，直面人性的荒凉和孤独。

　　无论她多么努力，多么勇敢，多么坦诚，直到海角天涯，她最终面对的世界依然是一块碎玻璃，注定了要失望。